THE WINDS OF GOD

――零《ゼロ》のかなたへ――

今井雅之

角川文庫
11936

空は透き通るような蒼天《そうてん》、そして真夏の陽光が強く照りつける。上空を悠々と飛行する大型旅客機、その轟音《ごうおん》が真夏の暑さを一層盛りたてる。

俺《おれ》は今、羽田沖の海を見つめながらあの不思議な出来事を思い出している。

あれは忘れもしない二〇〇一年の八月一日、その日は今日のように暑い真夏日であった。俺と金太は代々木《よよぎ》に住んでいた。

代々木という街は予備校で盛んな街である。同じ年代の若者達は夏休みで海へ山へと青春を謳歌《おうか》しているというのに、その日は模擬試験でもあったのだろうか、駅前のスクランブル交差点は予備校生で溢《あふ》れていた。予備校で雇われたお兄さん達が腕章をして「青になるまでしばらくお待ちください!!」等と大声で予備校生達を誘導している。

「あほとちゃうか」と俺はいつもそう思っていた。横断歩道も一人で渡れんのか、過保護もここまでくれば、あほとしか言いようがない。横断歩道を渡るためにアルバイトを雇う余裕があるならば、予備校もその分授業料を安くしてやればいいんだ。誘導員がいなけりゃ横断歩道の一つも渡れん奴なんて大学に行く資格なんてありはしないよ。その前に人生の予備校に行くべきである。

そんな代々木を走る中央線沿いに俺達のアパートはあった。いまどき珍しくサッシではなく木の窓枠、ガラスもすりガラスである。その二階にある二一〇号室の部屋に俺達二人は住んでいた。

俺達の職業は漫才師、言うまでもなく売れない漫才師である。俺達の住んでいた部屋は六畳一間、入り口に小さな台所らしき物があり、ガスコンロは油と錆《さ》びで汚れたまま、ゴキブリの格好の住処《すみか》となっていた。部屋の中は殺風景なもので、冷蔵庫以外、電気製品らしい品物はない。壁には『めざせ!! 上方お笑い名人大賞』とでかでかと貼《は》り紙がしてある。少しでも部屋を涼しくしようと、冷蔵庫のドアをいつも開けっ放しにしていた。その冷蔵庫の中も醬油《しょうゆ》と半分かたまりかけたマヨネーズと使いかけのわさびが大事にとってあるだけである。

小さなこたつ台の上で俺は、汗をかきながら台本のネタを書いている。隣で団扇《うちわ》で俺を扇《あお》いでいる奴が、俺の相棒の袋金太《ふくろきんた》。通称金太、ただいま二十三歳。少し背が低くて、透歯《すきば》でお世辞にも男前とは言えない。ちなみに俺の名前は田代誠《たしろまこと》、二十五歳。百八十センチ近くあり、金太より男前だと確信している。

「……兄貴ー、まだ怒ってんのか。ムチャクチャ手が痺《しび》れてきたわー」

金太はふて腐れて団扇を扇いだ。

「じゃかましい、腕がちぎれるくらい扇がな、お前にはわからんのや」

と俺はすかさず怒鳴った。

「今こないしてわざわざ台本書き直しているのは誰のためやと思うてんねん。てめえがいつまでたってもネタが覚えられないから、覚え易いように書き直してやってんねやろ」

「そやかて兄貴、難しいネタばかり書くんやもん」

「これのどこが難しいんや、ＰＫＯぐらい一日で覚えろ!!　なにがピース、キーピング、オナペットや!!」

「でもお客さんにうけたやないか」

「あほんだら!!」

金太の頭を思いっきり叩《たた》き、

「あれは、うけたんとちゃうねん、アホにされたんや！　それにツッコミのお前がボケてどないするねん」

「言いわけするわけやないけど、兄貴の新ネタのサイコロが早いんやもん」

「当り前やんけ、世の中はつねに動いてんねや。その時代、その時にあったネタをやらな、お客はついてこんのや。それが一流の漫才師というもんや。そやからお前がネタを覚えたころにはもう次の時代が来てんのや……それに言っておくがな、サイコロじゃなくてサイクルやろ、まったくかっこうつけて英語なんか喋《しゃべ》りやがって、千年早いんや、中卒のくせしゃがって」

金太は、ムッとした顔をして、

「兄貴だって中卒じゃないの」

「同じ中卒でも質が違うの。俺は正式な義務教育を修了したという意味の中卒やろ。お前は文部省がこれ以上、お前に国家予算を投じても無駄だと判断し、無理やり、卒業させた中卒なんや」

「……なるほど……」

金太は俺の論理に一人で感心していた。

「よーし!!　できた、これだけ簡単にすれば、覚えられるやろ」

そう言って、俺は金太に台本を渡し、

「ええか、漫才の命は間や。その間を逃したら、笑いはとれんのや。ネタを覚えるというのはそれ以前の問題や。俺がボケる時にお前がボケてもしかたがないんやで、わかったな。ほな、さっそく練習をしょうか」

「そやけど兄貴、ＰＫＯってどういう意味やねん」

金太は真剣な顔して聞いてきた。俺は思いっきり金太の頭を台本で叩き、

「お前はアホか!!　今頃、何を意味を聞いてんのや、意味もわからんでこのネタ一ヶ月もしてたんか」

「うん!!」

金太は自信をもって頷《うなず》いた。俺は再び思いっきり金太の頭をド突き、

「そんな漫才してるから、いつまでたってもメジャーになれんのや。わからんことがあったら、

人に聞くなり辞書で調べるなり、なんとかせい!!」

「じゃあ、ＰＫＯってどういう意味や」

「なにが？」

「ＰＫＯ」

　金太は目を丸くして子供のような顔をして聞いてきた。

「……つまり……その……もうそんなことはどうでもええねん。俺が言いたいのは、ちゃんとネタを覚えろということや……」

「よくないで。兄貴、今言うたやんけ、一流の漫才師になるには……」

「わかったわ、教えたる。ええか、よう耳くそほじくって聞いときや。つまりＰＫＯというのはな、まあわかりやすく言えばだ……自衛隊が湾岸戦争に参加した時の暗号みたいなもんや」

「湾岸戦争って……マダムフセインが起こした戦争のことやろ」

　俺は必死で汗を拭《ふ》きながら、

「マダムフセイン？……そや、お前よう知っとるやんけ」

「そやけど兄貴、日本の自衛隊は戦争はしないんやろ」

「……ん？　まあな……争はしないんやけど、そん時はいろんな理由でいかなあかんかったんや……それがＰＫＯや」

「…………」

金太はただ頷いていた。

「……とにかくな、漫才師といえどもいろんなことに疑問を持ち、勉強せなあかん。お前みたいに暇さえあればエロ本ばかり見てると、りっぱな漫才師になれんのや」

「エロ本は関係あらへんで」

「それにな、このさいハッキリ言っておくけど、俺のエロ本、勝手に使わんといてや」

「そんなん、兄貴のなんか使うてへんで」

「嘘《うそ》こけ!! おととい使ったやろ。『愛して私のバズーカ』、俺の一番気に入っていたページが糊《のり》みたいにくっついとったで。お前でなきゃ誰がやるんや」

金太はただニタニタ笑ってごまかしていた。

「まったく、猿じゃあるまいし。そやから童貞男はすかんのや」

「兄貴、それは禁句って約束したやんけ」

「そんなに恥ずかしかったらソープにでも行ってこい。もう、お前二十三やろ」

「だって初めての女は、のりチャンて決めているんやもん」

「お前はいつまで〝昭和枯れすすき〟みたいなこと言うてんねん。もう、のりチャンのことは忘れて、他《ほか》の女捜しな」

「何で、他の女捜さなあかんの」

金太は真剣な表情に一変した。俺は返答に困った。

のりチャンというのは俺達の幼馴染《おさななじ》みである。俺達は兵庫県は日本海側にある小さな田舎町で育った。のりチャンは金太と同じ学年で、初恋の人らしい。俺達三人は家が隣同士であった。よくある話だけど、暇さえあれば三人でお医者さんごっこをしたものである。もちろん俺がお医者さんの役でのりチャンが患者の役だ。金太はなぜかいつも病院の掃除人の役だった。だから、のりチャンの裸を見たのは俺だけで、もちろん幼稚園の頃の話であるが、今となっては、もう懐かしい話となってしまった。

金太は東京に出てきてからも彼女と手紙のやりとりをしていたらしいが、一年くらい前からプッツリこなくなった。金太は今でも、たまに手紙を出しているみたいだけど、どうもそれも無駄なようである。

のりチャンは大学で知り合ったエリートの男性とこの秋に結婚するらしい。金太はその事を知ってて知らない振りをしているのかわからないけど、金太がまだ彼女に惚《ほ》れているのは間違いなさそうである。だから俺も金太の初恋を壊さないようにしているが、ついつい口が滑って本当の事を言ってしまいそうになる。

「なんでって……」

金太は俺の顔をじっと見詰めた。

「つまり……時間というものは、人間を変えてしまうんや」

「そやから?」

「そやから……信じることも大切やけど……」

俺《おれ》は金太の子供のような眼差《まなざ》しを見ていて、もう何も言えなくなってしまった。

「……もうこの話はこれで止めよう。あの『愛して私のバズーカ』、お前にやるから、とにかく漫才の練習をしような」

俺はそう言って台本を持って立ち上がった。金太もそれ以上、何も聞こうとしなかった。その日を最後に俺達の間でのりチャンのことを口に出すことはもう二度となかった。

俺達は自分の口でハヤシを言いながら漫才の練習をはじめた。

「チコチャンリン、チャンリン、チンチン、皆さん、こんにちはー」

「金太でーす」

「まーチャンでーす」

「二人、合わせてキンタマーチャンズでーす」

「いやほんまに、夏本番となり暑くなりましたけど」

「そうやね」

金太は明るく返してきた。

「まあ、暑くなったといえば日射病やけど。皆さん、ほんまに日射病だけには気をつけてください、あれは頭をやられますからね」

「いやーほんまに気をつけなあきまへん」

「いや、あんたは大丈夫や、それ以上アホにならんから」

俺は、手の甲でポンッと金太の胸のあたりを叩《たた》く。

「そんな、ひとをアホみたいに」

「その通りやんけ……皆さん、こいつほんまに子供の頃からアホやったんです」

「実は……自分で言うのもなんですけど、そうなんですよ」

「ほんま、こいつは常識というものを知らなさすぎる」

「いや、ほんまにお恥ずかしい。やっぱ人間はもっと勉強せなあきまへんな」

「お前、たまにはええこと、言うやんけ……特にこいつを含め最近の若者は、政治経済に無関心すぎる。もっと勉強せなあかん!! 例えば最近の職場における男と女の差別をなくした……なんとかなんとかという法律があるけど」

「男女雇用機会均等法」

軽くツッコミをいれる金太。

「……そうそう、その何とかについても知らなさすぎる。こんなのは知ってて常識でっせ……それから最近話題になっているＰＫＯ問題、この意味も知らん奴がおんねん!!」

「兄貴、どういう意味や、みんなに教えてやって」

「しゃあないな、みんなに教えたるわ。ＰＫＯちゅうのはな、ピンクキャバレーおさわりバー禁止法案って言うて……」

金太、台本を見て、思いっきり俺の胸にツッコミを入れて、

「兄貴が一番わかっとらんやんけ。国連平和維持活動の事やろ、英語で言うたら……ピース……キーピング……オペレーションズのことや!!」

金太は台本を見ながらであるが、むずかしいセリフが言えてホッとしていた。

「……そうそう、それそれ……とにかく今の若者は世界に目を向けなあかんねや!!……」

こうして、俺達の漫才の掛け合いはテンポも乗り調子も上がってきた。その時突然、誰かがドアを叩き、勝手にドアを開けて入ってきた。

「すいません、静かにしてもらえますか!!」と怒鳴り込んできたのは隣の部屋に住んでいる浪人生の竹田であった。いつも髪の毛はボウボウで、汚れたジャージーをはいている。

「何度言えばわかるんですか、うるさくて勉強が手につかないでしょう。私はあなた方みたいに遊んでいるわけじゃないんですからね」

「どこが遊んでんねん。俺達は明日のスターを夢見てこうしてくそ暑い中、漫才の練習をしてるんやんけ。てめえにはそれがわからんのか」

俺も大声で怒鳴り返した。

「わかりませんね、まんざいか、ぜんざいか知らないがそんなもの外に行ってやってくださいよ、まあ無駄だと思うけど」

「どっちが無駄や、てめえみたいなアホがいくら勉強しても大学なんか受かるか。現に五回も

失敗しとるやんけ。それも二流、三流の大学やろ」

「五回じゃないです四回です。それに二流の大学じゃなく、一流の大学です。中卒のあなた達に何がわかるんですか、偏差値の意味もわからないで……」

「中卒の何が悪いんや!!」

突然、今まで黙っていた金太が目をむいて怒鳴った。

「あんたらはいつも中卒、中卒とアホにするけど、そんなに大学に行く奴が偉いんか。中卒の人間は恋愛もしたらあかんのか。彼女も持ったらあかんのか」

「……べつに私はそんなことまで言っているつもりは……」

竹田は金太の勢いに負けて急に弱気になった。

「僕らはな確かに勉強はできへん」

「……いや俺はできたけど……」

「兄貴は黙っといて」

「はい……」

金太の迫力に俺まで圧倒されてしまった。

「そやけど僕達には漫才という才能があるんや、漫才という生きる道が。確かに中学までは親にいろいろ迷惑かけた。そやけど今は親に一銭も頼っとらんわ。あんたらみたいに親のすねなんかかじっとらんわ。こんな中卒でも、おかあちゃんは僕のこと誇りに思ってくれとる。僕が上方お笑い名人大賞とるのを信じて待っとるんや。そんなあんたに文句を言われる筋合いなんかあらへん。帰って、帰ってや!!」

金太は物凄《ものすご》い剣幕で浪人生を追い出した。彼もなぜ自分がそこまで怒られなければいけないんだと不思議に思いながらスゴスゴと出て行った。

浪人生が出て行った後、部屋の中は水をうったようにしーんと静まり返った。俺はなぜ金太があそこまで怒ったのかわかっていたが、もうそのことには触れなかった。

「金太、漫才の練習は止めて昼飯でもしようか。朝から何も食ってないから腹へったわ」

俺はわざとらしく話題を変えて言った。

「兄貴お金あるの」

金太は他人事《ひとごと》のように聞いた。

「お金はあるのって昨夜の舞台のギャラはどないしたんや? お前に全部渡したやろ」

「だって兄貴、金はある時に使うもんや、ケチケチしてどないするんやって、昨夜、飲み代に使うたやんか」

「それでお前……全部使うたんか?」

「全部じゃないけどほとんど全部」

俺は金太の頭を思いっきりド突き、

「アホか!! 俺は、酔っ払うとつい太っ腹になってしまうことぐらい、昨日今日の付き合いやないからわかるやろ。まったく、財布の紐《ひも》を締めるのは、女房役のお前の仕事やろ」

「だって兄貴と結婚した覚えないもん」

俺はもう一発、金太の頭をド突き、

「当り前やんけ、誰がてめえとエッチをせなあかんのや！　俺達ホモやないんやから。俺が言いたいのは……もうええ!!」

俺はアホらしくて説教する気にもなれなかった。

「それで残りはいくらあるんや」

金太はポケットからヨレヨレの財布を出し、畳の上にお金を落とした。畳の上に落ちたお金の音を聞いて、どのくらいあるのか簡単に推測ができた。なのに金太はみじめったらしく数少ないお金を一つ一つ数えている。

「……二百七十円といち……にい……さん……よん……だから……」

俺は、この光景を見ていて、さっきの浪人生にバカにされても仕方がないと納得した。

「もうええわ金太、この経済大国の日本で、戦時中じゃあるまいし大の大人が二人合わせて三百円もないんやから、ほんま情けないわ」

「ねぇ兄貴どうするの……インスタントラーメンでも買う？」

「ラーメンじゃこの猛暑、体がもたんで……」

俺《おれ》はしばらく考え、

「よーし、いちかばちかや、パチンコに賭《か》けるしかないな」

「えー兄貴、大丈夫、前もそう言って……」

「ががた文句言うんじゃねー、大船に乗った気持ちでまかしとけ。今夜は焼肉パーティや!!」

俺はそう言って二百七十四円のお金を握り締めた。


真夏の太陽が強く照り続ける中、俺と金太は羽田埠頭《ふとう》の堤防で海釣りをしている。遠くの沖では、これから沖縄にでも行くのだろうか、夏休みで多くの若者達を乗せた大型フェリーが、ゆっくりと航行していく。


真剣な眼差しで釣りをしている俺の横で金太は一時間近くもぶつぶつと文句を言っている。

「金太、静かにしろよ!! 魚が逃げるやろ。さっきからうじうじしやがって。男はな、諦《あきら》めが肝心なんや」

「だって兄貴、あんなに偉そうなこと言うてたのに。パチンコ代二百円分、一分も、もたんかったやんか。何が焼き肉や、インスタントラーメンも食べられへんようになってしもうたわ」

「しゃあないやろ、七十四円じゃ、消費税の分、足らんのやから。文句を言うなら消費税を決めた国会に文句言え!! その代わり焼き肉は食えんかったけど今度は新鮮な魚、いやというほど食わしたる」

金太は小さく溜息《ためいき》をついて、

「あーあ、兄貴はいつもそうなんやから。小学校の時だって、おさむちゃんが虫かごにいっぱいのカブトムシをもってきて、学校でヒーローになった時、『よっしゃ、金太、まかしとけ、俺が明日までにカブトムシいっぱいつかまえてきて、お前をヒーローにしてやるでー』って、次の日もってきたのは、虫かごいっぱいのカメムシやったやんか。おかげで教室中、臭くて臭くて、僕は一日中、笑い者になったわ」

「えーやんけ、同じ昆虫なんやから、差別なんかしたらあかん……そやけど何でそんな昔のつまらんことは覚えていて、新しいネタは覚えられんのや」

「また、兄貴はいつもそう言ってごまかすんやから」

「ごまかしとるかいな。お前が、はようネタを覚えんことには次に進めんやろ。二週間後には『お笑いスター誕生』の予選もあるし、それをステップにスターになるんやろ」

「………」

金太は痛いところを突かれたのだろうか、そのまま黙って堤防に腰掛けた。俺は、もっと文句を言ってやろうと思ったけど、なにせ朝から何も食っていないのでそんな元気もなかった。多分、金太もそうなんだろう。二人はただ、釣り糸の先をじーと見ているだけであった。

そんな俺達の周りをさっきからチラチラと見ては行ったり来たりしている年老いたおっさんがいた。

俺達は気にはなっていたが、うっといおっさんやなと思い無視し続けていた。そうこうしているうちに案の定そのおっさんは俺達に近付き、俺達と同じようにじーと釣り糸の先を見始めた。

しばらくの間、奇妙な間が続いた。俺は心の中で「おっさん、俺達に話し掛けるなよ、話し掛けるなよ」と何度も叫んだ。しかし、世の中というものは自分の思った通りにいかず時折その逆をいくもので、ズバリそのおっさんは俺達に近付き馴《な》れ馴《な》れしく話しかけてきた。

「……何かいるんですか？」

俺達はかかわりたくなかったから黙って無視し続けていた。

「何かいるんですか」

しつこくそのおっさんは聞いてきたが俺達はただ無視して黙り続けた。

「何かいるんですか……何かいるんですか!!」

突然、おっさんは俺の耳元で大声を出した。

「うるさいな!!　静かにしろよ、獲物が逃げるやんけ」

と俺は怒鳴りつけた。

「いやーすいません、あなた方は耳がご不自由なのかと思いましてな」

おっさんはニコニコして言ってきた。

「……で何かいるんですか」

「いるから釣ってんねやろ!!」

俺は無愛想に言った。

「魚ですか」

おっさんは真面目《まじめ》な顔して聞いた。

「当り前や、こんなところでアルマジロ釣ってどないするんや」

「じゃあ、あなた方は魚釣りをしてなさるんですね」

あまりの愚問に金太は海に落ちそうになった。

「あのな、俺達シンクロナイズドスイミングしているように見えるか」

「ほー、あなた方もまた、ものすごく面白《おもしろ》いたとえを言われますな」

「当り前やんけ、俺達はこう見えても人を笑わすのが本職やからな」

「なるほど、じゃーご職業は漁師か何かを」

また、海に落ちそうになる金太。

「なんで人を笑わす仕事が漁師なんや!!」

「いや、あなた方が魚を釣っていらっしゃるから、漁師かなと」

「ほな、魚釣ってる奴は皆、漁師かよ……もうええわ、それよりおっさん、向こうにいっといてよ、釣りの邪魔や、邪魔!!」

「あれ、ひとを邪険にして……」

おっさんは淋《さみ》しそうに去りかけた。

俺は少し言いすぎたかなと思ったが、別に会ったこともない赤の他人だから気にする必要はないと、釣りを続けた。すると突然、金太が叫んだ。

「あっ、兄貴、糸が引いている!!」

その瞬間、糸に物凄《ものすご》い手応《てごた》えがあった。

「これは、すごいぞ金太、ムチャクチャでかい獲物やで」

俺はムチャ興奮していた。

「兄貴、今夜は刺し身の食い放題やな」

金太の瞳《ひとみ》はもう希望に満ち溢《あふ》れていた。

そこへ、さっきのおっさんが俺達の騒ぎを聞きつけ、また馴れ馴れしく近づいてきた。

「あっ、糸が引いている……だめだめ、もっとそっと、もっと静かに動かさないと、魚が逃げてしまう。静かに、静かに!!」

おっさんは、大声で、わめき散らした。

「うるさいのは、あんたや!!　いったいあんた、だれ……」

「よそ見をするな、あーじれったい、私に貸してみなさい」

そう言って、おっさんは、俺から強引に竿《さお》を奪い取り、誇らしげに釣りを始めた。

とその瞬間「ブチッ」という鈍い音と共に糸が切れた。釣り糸の先は、大きな獲物どころか餌《えさ》のミミズの姿すらなかった。

　俺達は、その現実を知ってしばらくの間、声もでなかった。

　おっさんは釣り糸の先をじーっとみて、

「……ははあーん、いわゆるこれが、食い逃げってやつだな。あなた方も覚えていて損はないよ」

「そんなの、言われんでもわかっとるわ!!」

　俺と金太は、目を真っ赤に充血させ、こぶしを握り締め、おっさんを睨《にら》みつけた。

「まあまあ、そう怒りなさんな。その代わりと言っては何だが、私がお詫《わ》びに……」

「お詫びに、なんや?」

　俺は眼をたれて言った。

「お詫びに、私が魚釣りの秘伝というものをお教えいたそう」

「あっ、僕それ大好き、特に寒い冬なんかに食べると、体がムチャクチャあったまるんやな」

「それは、お・で・ん、私が言っているのは、秘伝!!……いいですか、まず釣りというのは力をいれては駄目、なすがままに釣り糸をたれないとだめなんです。魚も自然の一部です。ですからまず自然と一体になり、お互いに心と心でお話をするのです。いいですか」

　俺達はわかったようなわからないような、とにかく、いつのまにかこのおっさんのペースにまきこまれていた。

「……そうすると魚にも、あなた方の気持ちが伝わり、餌を食べるのです。決して釣っている時に今夜のおかずにしようとか、魚拓を作ろうとか思ってはいけません。まず愛から始まるのです。……わかりましたね」

「……はい」

「よろしい」

そう言っておっさんは堤防に腰掛けたまま、ニコニコして海を見詰めていた。しかし、おっさんの後ろ姿は何かもの哀しさを漂わせていた。俺はそんなおっさんを見ていていたたまれないものを感じてきた。

「……ところで、私達、以前どこかでお会いしましたか」

突然、おっさんは変な質問をしてきた。俺は金太と顔を見合わせ、しばらく考えたが思い当たるふしがなくお互い顔を横に振った。

「いや、どこかで会っている。……んー何かを感じる、何かを。ただの他人じゃないような気がする」

そう言っておっさんは俺達に近づき、なめるように俺達を見回した。俺と金太はおもわず後《あと》退《ずさ》りをしていた。

「いや、まったくの他人です!!」

「そうかなー……」

おっさんは、俺達を見つめたまましばらく考え、

「もしかしたら前世で……ねっ、あなた方、輪廻《りんね》って信じるかね」

「ハァ？」

「りんね、だよ」

「兄貴、知っている？」

「ん？……あのーほら……女の人が月に一度あるやつやんけ」

「それはアンネだろ。私が言っているのは、り・ん・ね」

「あっ、僕、知っている、CMで見たことあるよ、ガステーブルのことやろ」

「それはリンナイ!!　あんたら、輪廻も知らんのか……つまり、リインカーネーションのことだよ」

「あー、わかった、あの……」

俺達、二人は一斉に答えようとした。

「もう、よろしい!!　何も言うな。どうせ母の日にプレゼントする花だとか、『人民による人民の……』とか唱えたアメリカの大統領と言いたいのだろう」

俺達は、自信をもって頷《うなず》いた。

「もう、君達の考えることはすぐわかる……私は別にここで漫才をする気はないんだよ。私の言っているのはリインカーネーション、つまりだな……君達、人間は死んだらどうなると思

う」

「死んだらって……死んだら葬式を挙げてそれでおしまいとちゃうの」

「それがそうでないんだよな。……つまり輪廻というのはね、人間が死んで、その人の肉体は亡《ほろ》びても魂は永遠に生き続けるということなんだよ。そしてその魂はまた何十年かたって、母親の胎内に宿り、また人間として生まれてくるんだよ」

「というとなんですか、おっさん、つまり……」

「あんたら、さっきから、おっさん、おっさんて呼んでいるけど、私はれっきとした神父です」

そういえば、よく見るとこのおっさん、頭は坊主だけど首から十字架みたいなものをぶら下げ、手には聖書を持っていた。それも相当古い聖書を。

「へーじゃあ、寺の葬式で見かける人だ」

「それは、和尚さん、私が言っているのは……」

俺は金太の頭を叩《たた》き、

「お前は黙ってろ！　話がややこしくなる。……それじゃ神主さん、俺は……」

「誰がカンヌシですか、神父です」

「そう……その、神父さん、俺は昔どこかで別人で生きていたというわけですか」

「そう、そのとおり」

「それは嘘《うそ》だね、第一、俺はそんな記憶ないもん」

「もちろん前世の記憶は消されて生まれて来るんだよ。肉体は別人だけど魂はずーっと同じでね……まあ、私があなた達に親しみを感じるのも、前世でどこかで出会っていたのかもしれないな。……キリスト信者の私が輪廻思想を論じるのも変だがな」

そう言ってこの神父は意味ありげに一人笑いをした。俺と金太はただ口を開けて半信半疑で聞いていた。

「まー、信じるも信じないも君達次第だがね……おっともうこんな時間だ」

神父は時計を見て驚いた。

「ちょっと長居しすぎたかな、次の礼拝に遅れてしまうわ。まあ魚は釣れなかったけど君達と話し合えて本当に良かったよ。短い時間であったけど、なぜか心が洗われたような思いがしたよ。これはお礼と言ってはなんだけど、逃がした魚のことも含めて受け取ってください」

そう言って、おっさんは俺に三千円くれた。俺は初めそんな乞食《こじき》みたいな真似《まね》はいやだと断ろうと思ったけど、次の瞬間、もう勝手に俺の手が三千円を受け取っていた。

「じゃあ、またどこかで会えると思うよ、とにかく君達も元気でな。人生は、LET IT BEだよー」

おっさんはゆっくりと立ち上がり、腰を二、三回叩いて、ニコニコしながら帰って行った。

俺と金太はおっさんが見えなくなるまで見送り続けた。確かにそのおっさんとの出会いはある種さわやかな、幼年時代に経験した懐かしい思いを彷彿《ほうふつ》させるものがあった。多分、金太も同じ気持ちであったと思う。

「れっと、いっとびー、ねぇ」

「兄貴、どういう意味？」

「ん？　俺にフランス語聞いてどないすんねんな、わかるはずないやんけ……でも変わった和尚さんやったな」

「兄貴、あの和尚さんが言っていたこと、信じる？」

「何が」

「ほら、あれ、えーと何って言ってたっけ……り、り、りん……」

「りんげつ!!」

「そう、その臨月というやつ、僕達は昔、本当に生きていたのかな」

「アホらしい、ゾンビやあるまいし、そんなことあるはずないやんか、とにかく俺達には関係ないことや。俺達は今が楽しければええんや、それより金太……金太？」

返事がないので、ふと金太の方を見てみると彼は顔を上げたまましーと空を眺めていた。

「金太、お前何してんねん、空から金でも降ってくると思ってんのか」

「……飛行機や」

金太の目線の先に目をやると、羽田沖上空を飛ぶジャンボジェット機が目に飛びこんできた。

「飛行機やって、お前そんなに飛行機が珍しいのか」

「そうやなくて、ただ……ねえ、兄貴、中卒の僕がパイロットになれるとは思わんで……でも、なんか、こうして飛行機を見ていると他人事《ひとごと》のように思えないんやなー、なんか一度、操縦桿《そうじゅうかん》を握ったことがあるような気がするんや」

「それはな金太……現実逃避ってやつや。つまりお前はいつまでたっても漫才がうまくならない、食っていけない、本当に自分に才能があるんやろうかと、迷っているんや。だから、他の世界では、もっとうまくやれるんやないかと自分で思い込んでいるだけや」

「そんなことないで。僕、絶対にスターになれると信じているもん……そやけど、兄貴の言っていること、当たっているかもしれんな……」

よほど俺の言ったことがショックだったのだろうか、金太はぶつぶつと独り言を言いながらまた堤防に座り込んでしまった。そんな落ち込んでいる金太の背中を見ていて何かやるせない気持ちにかられた。

思えば、金太がこの東京でひもじい思いをしているのも半分は、いや、それ以上は俺の責任なのかもしれない。

八年前、中学を卒業したばかりの金太を言い含めて漫才師の道に引きずり込んだのもこの俺だし、それも普通は上方漫才目指すなら大阪に行くのが当り前なのに、こんな物価高の東京を選んだのは、ただ単に一度、東京に行ってみたかったというだけのつまらない理由で、何もわからない金太をまきこんでしまったのもこの俺だ。

よくある話だけど、何度、夜逃げをして田舎に帰ろうと思ったことか。しかし、その思いを留まらせたのは、漫才に対する執念とかそういうかっこいいものではなく、ただ単に田舎に帰る二人分の新幹線代がなかっただけで、そうこうしているうちに八年という歳月が流れてしまったのである。

しかし人間には八年に一度の周期でチャンスが巡ってくるという。嘘か本当か知らないけど、俺達にもその番が巡ってきたみたいだ。二週間後に控えたオーディション番組の『お笑いスター誕生』の予選出場権を得たのだ。この番組からはたくさんのスターが生まれている。それだけに俺達にとっては願ってもないチャンスなのである。

それに俺達にとっての初めてのテレビ出演になるかもしれないのである。金太はよほどうれしかったのか、田舎で独り暮ししている母親に「かーちゃん、今度テレビに出るかもしれんでー」とまるで二時間ドラマの主役でもつかんだように興奮して電話をかけていた。

有名になってのりチャンを見返してやりたいという金太の気持ちもあったのだろうか。ここ数週間の金太の漫才の練習は物凄《ものすご》い力の入れようであった。それだけに俺が金太をけなすと、昔はへらへらしていたのに、今はちょっとしたことでもすぐに落ち込んでしまうのである。俺は元気付けのためにも一つの提案をした。

「なあ金太、今からギャル、ナンパしに行こうぜ」

「そやけど兄貴、漫才の練習せなあかんし、それにそんなお金どこにあるんや」

「たまにはあそばなあかん、おなごは芸の肥やしってよく言うやろ、それにお金のことなら心配せんでもええ、あのおっさんからもらった三千円があるやんけ」

「今時のギャルは三千円でナンパできへんで」

「あほやな、ナンパするんやなくてナンパされるんやがな。金持ってそうな女に近づき逆ナンされるんや。そしたら女遊びもできるし、ただでおいしい物が食えるというわけや」

「そんな簡単にいくんかいな」

「大丈夫、俺達には今なんか知らんけど、勢いというもんがあるような気がするんや」

「あ、兄貴もか？　僕もや。この二、三日、何か胸騒ぎするんや」

「そうやろ!!　俺達には、今、怖《こわ》い物は何もないんや、ただ突っ走るだけやで」

「なんか知らんけど急に勇気が湧《わ》いてきたわ。兄貴、今、むちゃんこに飛ばしたい気分や」

「そうこなくっちゃ、よーし、上野までぶっ飛ばそうか」

「イェーイ!!」

「そうとなれば金太、バシッとここまで俺達のナナハン持ってこんかい!!」

「あいよっ」

そう言って金太は駐車場の方へ足取り軽く駆けて行った。久々にみる金太の陽気な姿である。

「おい金太!!　気を付けろよ、マシーンに傷つけるなよ」

姿の見えなくなった金太に俺《おれ》は大声で叫んだ。すると駐車場の方でババンバーン、ババッババッバァーンというナナハンの爆音が響き渡った。そしてそのナナハンは爆音を発しながらどこか遠くの方へ走り去ってしまった。俺は羨《うらや》ましそうにそのナナハンが消えて行った方をいつまでも見送っていた。そこへ、チリンチリンというベルを鳴らし、金太がニコニコしながらチャリンコを引きずってきた。

「兄貴、お待ち!!」

「よーし、きたか俺達の可愛《かわい》い可愛いマシーンよ」

俺はおもわず古くなったその自転車をいとおしそうに手で撫《な》でた。

俺達が初めて東京にきて、とにかく落ち着くまでアルバイトというか初仕事をしたのが住み込みの新聞配達だった。俺達二人は朝早くから風の日も雨の日も一日も休まず毎日、毎日、自転車で配達をした。

しかし一日も休まずとえらそうな事を言ったが、実を明かせば、この仕事は一ヶ月ももたなかったのである。というのは俺と金太はなぜか昔から早起きが苦手であった、というより早起きすることが生理的に受け付けなかったのである。だから逆にいえばそんな俺達がよく一ヶ月も続いたと感心するくらいだ。普通なら雇い主もそんな俺達をみて呆《あき》れるところだけど、なぜか同情してくれて、辞める時に一ヶ月分の給料と退職金の代わりにこのマシーンというか自転車をくれたのである。

以来八年間、どこに行くのもこの愛車。東京では毎日の交通費はバカにできないのである。その思い出深い自転車に俺と金太はさっそうと跨《また》がった。

「前進用意!!」

復唱する金太。

「前進用意」

「前進!!」

「前進」

俺はサドルに、金太は後部座席に乗り込み、軽快にペダルを回した。子供の頃よく金太とこうして二人乗りをしながら、自転車を戦闘機にたとえ戦争ごっこをしたものだ。俺達二人はその頃に戻ったかのようにはしゃぎながら東京の街を駆け巡った。

そしてあの忘れられない運命の一瞬に遭遇するのである。

俺達の乗った自転車は歩道を走らず、渋滞する車の中をスイスイと走って行った。後部座席で「飛ばせー飛ばせー」と奇声を飛ばす金太。俺も調子にのり自転車のスピードを上げて行った。

俺達二人の気分は絶頂に達していた。今までの苦労が嘘《うそ》のように思える程、幸せな気分だった。そして交差点に差し掛かった時、前方の信号が赤になった。

「兄貴!! 前方の信号、赤!!」

金太が大声で叫んだ。

「前方、赤信号!!……無視、突っ込めー!!」

なぜかその時、俺は無意識にそう言ってしまった。

「俺達に恐い物はない、死ぬはずがない」と頭によぎったのである。

回るペダル、回る車輪、後ろではしゃぐ金太、俺達は何か不思議な力に引かれるように交差点に吸い込まれて行った。と、その時である。

「兄貴、トラック!!」

金太はあらん限りの声で叫んだ。右方から大型トラックが俺達をめがけ突っ込んできたのである。しかし俺が気づいた時はもう遅かった。

トラックは俺達の体の上を通り過ぎて行ったのである。実際、悲鳴を上げる暇もなかった。衝突した時の痛みはほとんどなかった、というより何も感じなかった。逆に麻酔でもかけられたような何かエクスタシーに近い快感みたいなものを感じた。

しかしそう感じた時、俺はもう自分の体にはいなかった。なぜなら俺は自分の体の上にいて上から客観的に自分達を見ていたのだ。

血塗《ちまみ》れになった俺と金太。そしてそんな俺達を囲む人々が見えた。悲鳴を上げる若い女の人、「触るな!! 救急車だ」と叫ぶ中年のおじさん、急いで携帯電話を手にする学生風の兄ちゃん、そばで真っ青な顔をしてブルブル震えながら突っ立っているトラックの運ちゃん。俺は他人事《ひとごと》のように、自分達の事故現場を上から見下ろすようにしばらく見ていた。そして遠くから救急車のサイレンの音がしてきた。それと同時に俺はどこかに吸い込まれるように空に昇って行った。

サイレンの音がどんどん遠くなっていく。そして何も聞こえなくなった時、俺は暗くて長いトンネルのようなところにいた。そこで、映画でも見ているかのように俺の生きてきた二十五年間がそのトンネルに映し出された。楽しい思い出、悲しい思い出、まるで俺の人生を反省させられるかのように鮮明に細かく映し出された。それはトンネルを進むにつれてフィルムを逆回転させたように大人から子供の時代へと戻っていき、最後には俺の誕生する瞬間まで映し出された。

それから映像は急に暗くなり、どこからか心臓音が聞こえてきた。しばらくして自分が海に浮いているような気持ちになってきた。本当に気持ちの良い感覚だ。初めてのような懐かしいような不思議な感覚だ。そしてそこには時間という概念が全くなかったように思える。あるいは時間という次元を超えたものだったのかもしれない。とにかくその瞬間から俺の意識は薄れていった。

あれから何時間、いや何日がたったのだろう……俺は目が覚めたらベッドの上に横たわっていた。

初めはてっきりあの世にいるのかと思っていたが、次第に意識がはっきりしてくるにしたがい、どうやらそうでないことに気がついてきた。どこかはわからないが、俺はまだ生きているようである。ゆっくりと周りを見渡すと、古びた天井、クモの巣を駆け巡る大きなクモ、汚れた壁、柱に今時、見慣れない振り子時計、古い戸棚に並んでいる数々の医療品等が俺の目に飛び込んできた。しかしそれらはすべて古くさく思えた。

〝とにかく俺は生きているんだ〟そう自分で自覚したとき「金太」という名前が俺の頭に浮かんだ。急に俺の心臓は高まり破裂しそうになった。

俺は横を向いて金太の無事を確認することが死ぬ程怖かった。なぜならテレビドラマなどに出てくる、ああいうおいしいキャラクターは必ず最後に、つまらぬことで死んでしまうというのがお決まりのコースだからである。しかし俺は勇気を出して恐る恐る顔を横に向けた。

「どうか金太が無事でありますように」と心の中で神に祈りながら。

……結果はテレビドラマの定説はみごとに覆された。金太は人の心配をよそにいつものように口を開け、よだれを枕《まくら》に垂らしながら寝ていたのである。俺はもう一度、「神様、これが夢でなく、現実でありますように」と心の中で前回以上に強く拝んだ。

俺は重い体を起こし少々の痛みを堪《こら》えながらベッドを出て金太に近づいた。

「金太、金太」

俺は金太の体を軽く揺さぶり、起こそうとした。金太はまるで熟睡している赤ん坊が突然、起こされたような寝ぼけまなこで起きた。

「……兄貴、ここどこや？……天国？」

「こんなみすぼらしい天国がどこにあるんや……ここは病院や、俺達は助かったんや」

「ほんまに？……そやけど信じられへんな、絶対まともにトラックにぶつかったんやでー、ほんまに終わりかと思ったのに」

「まあ、ええやんけ助かったんやから、これがほんまの不幸中の幸いというもんや。それよりこれから……」

俺は一瞬、金太の顔を見ていて言葉に詰まってしまった。

「……兄貴どないしたん？　僕の顔になんかついてる？」

「お前、その頭はどないしたんや」

「頭？」

そう言って金太は自分の頭に手を当てた。

「あー、ない!!」

金太は大きな声で叫んだ。なんと金太の頭は丸刈りだったのだ。

「何で、何で毛がないの、兄貴は……!!」

突然、金太も俺の顔を見て絶句してしまった。俺は一瞬、いやな予感がし、そっと自分の頭に手を当ててみた。みごとに俺の予感は的中した。ざらざらとしたこの手ざわり、「ない!!」

俺の髪の毛は五分刈りに刈られていたのである。

「何で、何でないの？」

金太は大きな声で叫んだ。

「そんなん俺に聞いてもわかるか！　わからんから、びっくりしとるんやないか」

そして俺は自分達がなんか変な服を着ていることに気がついた。薄茶色のだぼだぼした、囚人服のようなものを着せられていた。両袖にはなにかワッペンのようなものが縫い付けてあった。

「ねぇ兄貴、ここどこ？　病院」

「……おい金太、もしかしたら俺達、刑務所に入れられたのかもしれんぞ」

「刑務所!!」

「そや、俺見たことあるでー、こういう服着て丸坊主にされた囚人をテレビで……」

「そんなアホな、なんで自転車に二人乗りしただけで刑務所に入らなあかんの」

「もしかしたら、事故った瞬間にトラックが俺達をよけようとして通行人を数人、巻きぞえにしたのかもしれんぞ……それに俺達は信号無視だもんな」

「まじ!!　ほな、僕ら何年ぐらいここで臭い飯、くわなあかんの？」

「そんなん弁護士やないからわかるかい」

「そやけど兄貴、ここ刑務所にしてはなんか変やで、檻《おり》みたいなものはないし、あるのは古臭い窓と今にも剥《は》がれそうな壁だけやで、それに看守さんもおらんし……」

「そう言われればそやな、確かにテレビで見たのとはだいぶん違うな。もっとコンクリートっぽかったし、こんなちゃっちくなかったよな」

俺達二人はしばらくの間、その部屋を見渡し考え込んでいた。その時突然、入り口のドアが開き、太った体格のおっさんが入ってきた。そのおっさんは白衣のようなものを着ていた。

そして俺達を見るなり、

「なんや、貴様達、気がついとったか？　そぎゃんならそぎゃんで、はよう報告ばせんかい」

そう言ってそのおっさんは俺達に近付き、馴《な》れ馴《な》れしく俺達の肩を叩《たた》いた。

俺と金太は何事が起きたのかと思い、ただただ唖《あ》然《ぜん》としていた。

そしてそのおっさんは俺達の体じゅうを触りまくり、

「しかし不思議なこともあるもんたい。あぎゃんな事故ば起こしておいて、かすり傷ていどで済んで、二人とも無事だったんだけんな。神様に感謝せにゃ。娑婆《しゃば》では両親が喜んどるわ」

「しゃば？」

「ねぇ兄貴、このおっさん誰」

「おっさん!!……それが上官の軍医に向かって言う言葉か!!」

突然のおっさんの大きな声に俺達は驚きあっけに取られた。

おっさんは急に豪快に笑い出し、

「まあよか、こぎゃんして冗談が言えるようになったんだけん」

「あのーここはやっぱり刑務所なんですか」

「刑務所!!」

そう言っておっさんはまた大きな声を出して驚いた。しかし、しばらくしてまた突然、豪快に笑いだし、

「刑務所……よかたとえたい、確かにここは刑務所ばい」

俺は金太と顔を見合わせた。

「じゃあ、やっぱり通行人も巻きぞえにしたの?」

金太は目をまんまるくして聞いた。

「いや、事故ば起こしたのは貴様達だけたい」

「僕達だけ? ほななんで自転車を二人乗りしただけで刑務所に入らなあかんの」

「自転車!? 貴様ら、なんば言いよるとや、それにここは刑務所……」

「そやで、チャリの二人乗りぐらい誰でもしとるやんけ。確かに俺達は信号無視したけど、そやけど警察もそんな暇があったらもっと違う奴を捕まえろよ。三億円事件とか、グリコ・森永事件とかまだまだ未解決の重要な事件がいっぱいあるやろ……」

とにかく俺達は自分達の罪を逃れるためいろいろ言い訳をした。

しかしそのおっさんは、まるで宇宙人に遭遇したかのような顔をして俺達の話を聞いていた。

なぜそのような顔で見られるのか、その時俺達にはわからなかった。

古ぼけた国民学校の教室。その教室の机や椅子《いす》はすべて片付けられ、壁際に毛布のようなものが綺麗《きれい》にたたんで積まれてある。その壁にはライフジャケットが数着整頓されて掛けてある。窓からは風に靡《なび》く日章旗。ここは大日本帝国海軍神風特別攻撃隊の最前基地。

このガンルームにいる六人の精鋭達。彼らは皆丸坊主で、筋肉隆々体格の猛者《もさ》達である。その中で一番、体格の大きい海軍兵学校出身の寺川中尉。学者タイプの学徒出身の山本少尉。明るくひょうきんな予科練出身の関戸中尉。紳士風のクリスチャンの松島少尉。そして予備学生出身の前川少尉と米谷少尉。

彼らは皆、弱冠二十歳前後の青年達だ。

そんな彼らの前で訓辞を述べている男。山田大尉、この分隊の分隊長である。

「……という訳で、今や大日本帝国は物質的にも、敵連合軍に大きく差をつけられた。この戦況を乗り切るためにも貴様らの力を試す時が来たのだ。この神国日本に必ず神風が吹き荒れ、鬼畜米英どもから、この祖国を守ってくれるに違いないと私は信じてやまない。貴様らはその神の子として選ばれたのだ。

しかし、残念なことにこの部隊から昨夜、脱走兵が出た。緒方上飛曹だ。しかし今朝、彼は山中に潜んでいるところを発見され、捕えられた。今後、彼がどう処分されるかはわかっていると思うが、私の部下にはそんな国賊は、一人としていないことを信じている。

貴様ら命を張ってこの祖国を守ることに誇りを感じていると思う。

……それから、貴様らも知ってのとおり今朝の墜落事故を起こした岸田、福元両名だが幸いにも怪我《けが》は軽く、命に別状はないようだ。ただ、両名は墜落時、強く頭を打った模様で、軍医の報告によれば二人とも軽い記憶喪失にかかっているそうだ。しばらくは戦列から離れると思うがあいつらのことだ、またすぐにでも回復し任務に就けるものと信じている。それまで彼らをそっとしておいて欲しい。

とにかく、数少ない貴重な戦闘機だ。彼らのような事故が二度とないよう気を付けてくれ。貴様らもいつ特攻命令が出るかもしれない、明日かもしれない。いつでも出撃できるよう物心両面を整え、待機しておいてくれ。……以上!!」

「気を付け!! 山田分隊長に敬礼!!」

教室中に響くような大きな声で寺川は号令をかけた。彼ら六人の敬礼はまるでダンスの振付のように揃《そろ》っていた。

山田分隊長はしばらく彼らを見て、それからゆっくり熊が歩くように教室を出て行こうとした、とその時、彼は松島の私物箱に目が止まった。そして私物箱の陰にある聖書を見つけ、そっと手に取り、

「これは誰のだ？」

と低い声で聞いた。

「自分のであります」

静かな口調で松島は一歩前に出た。

「………」

山田分隊長はしばらく松島を睨《にら》み、

「……これを焼き捨てておけ」

そう言って、その聖書を松島の足元に乱暴に投げ捨てた。

「はい、わかりました」

松島は静かに答え、そっと足元の聖書を拾い上げた。山田分隊長は彼をチラッと見た後、そのまま黙ってその場を去って行った。

「………」

他の隊員達はホッとしたのか、操り人形の糸が切れたように急にリラックスしてそれぞれの作業に戻った。

「……しかし、本当にあの二人は奇跡としか言えないよな」

寺川は中央にあるテーブルに行き、座りながら言った。

「二人ですか？」

山本がそう小さな声で聞いた。

「事故を起こした岸田、福元だよ」

「でも良かったじゃないですか。お二人とも元気な姿で戻って来られて」

松島が聖書を私物箱に戻しながら努めて明るく言った。

その言葉を聞いた寺川は厳しい表情に一変し、

「貴様、皮肉で言っているのか！」

「………？」

「特攻隊員として生きて帰ってくることがどんなに恥ずかしいことかわかって言っているのか！」

松島は突然の寺川の激怒に戸惑った。

「自分はそんなつもりで言ったわけではないです……」

「毛唐の宗教なんか信仰しているからそんなことが言えるんだ。分隊長のおっしゃったようにその聖書と一緒に宗教心も捨てて来い」

「………」

松島はただ黙って聖書を握り締めたまま寺川の言うことを聞いていた。

「まあ、まあ、中尉もそこまで言わなくてもええやないですか。松島も悪気があって言うたわけやないんですから」

険悪なムードを察して関西訛《なま》りの関戸が二人の中を割って入ってきた。そして彼は松島をなだめるように言った。

「松島も寺川中尉の気持ちも察してやれよ。同期の岸田中尉があんな事故を起こしたんだからな」

そう言って関戸は彼に笑顔を投げかけた。

「………」

松島も関戸の笑顔に応《こた》え、小さく何度も頷《うなず》き聖書を私物箱の中にそっとしまった。

「……でも……山田分隊長が言っていたことは本当でしょうか」

と山本が静まり返った湖面に再び小石を投げるように問題を提起した。

「何がや」

「二人が戦列から離れたことです」

「それがどないしたんや」

「その理由が記憶喪失だということです」

「貴様、何が言いたいんや」

明るく冷静な関戸がめずらしく厳しい顔をした。

「いや……」

「あいつらが嘘《うそ》をついているとでも言いたいんかいな」

「だれもそんなこと言っていないです……ただ」

「ただ、なんや？」

山本は微動だにせず直立不動のまま答えた。

「……人間は極限状態になると、自分を見失うものです」

「だから、なんだよ!!」

寺川は急に立ち上がり大きな声で怒鳴った。

隣で聞いていた米谷、前川はあまりにも突然の大きな声に身を竦《すく》めた。

「……つい怖くなって……」

山本はそう言いながら寺川の顔をまともに見られなかった。

「つい怖くなって、何だよ。えっ!!……あの岸田と福元が二人で芝居して病人のふりをしているとでも言いたいのか、それともあの事故までも芝居だったと言いたいのか」

「……自分はそこまで言うつもりは……」

「貴様ら学徒兵に何が言える!!　多くの同期達が爆弾を抱え死んで行ったというのに、あいつらが生き残りたいためにそんな猿芝居を打てると思うのか。特に岸田はな、我が海軍航空隊の中でも優秀な飛行機乗りだったんだぞ、あいつに限って……」

そう言って壁に貼《は》られた『敵空母必中撃沈』と書かれた岸田の遺書を寺川は見た。

「まあまあ、中尉、抑えて、抑えて、かなわんなー、貴様はすぐカーっとなるさかい」

先程まであんなに厳しい顔をしていた関戸が今度は止める方にまわった。

「元はと言えば貴様が最初に山本に突っ掛かったんだぞ」

「まあ、そう言いないな。仲間で喧嘩《けんか》したってしゃあないやんか。俺達の喧嘩する相手はアメ公やろ。山本だって悪気があって言ったわけやないんやから」

山本はただ黙っていた。

関戸は軽く彼の肩を叩き、

「わかってま、わかってま、今は特にこんな時期や。山本も特攻の日を目の前にして、神経が高ぶっているんや、ほんまに明日は我が身かもしれんからな」

「……明日は我が身か……死ぬ瞬間てどういう感じなんだろうな」

突然、今まで黙っていた米谷がぼそりと呟《つぶや》いた。

一瞬、まわりは静まり返ったが、

「そんなこと、考えたくもないね、とにかく今は自分の任務を完遂することに集中しろ」

そう言って寺川は米谷の言葉を遮った。

「まあ、とにかくや、岸田中尉と福元が無事やったんやから、めでたいことやないか。……そやからなみんな、ここで約束して欲しいんや、あの二人がここへ戻って来てもあんまり事故のことは触れんでそっとしておこうや。それから、もしかしたらあいつら変なこと言うかもしれんが、あんまり気にせんときや。なんや二人とも頭の病気にかかっているみたいやからな。特に中尉、貴様は気を付けなあかんで、それでなくても短気なんやからな」

「……わかったよ、自然に振る舞えばいいんだろ、自然に」

そう言って寺川は席を立ち飛行靴を出してきて靴みがきを始めた。


いまだに自分達の置かれた状況をいまいち摑《つか》みきれていない俺と金太は、太ったおっさんに連れられ廊下のような所を歩いていた。あれから何時間も質問攻めに遭い、つまらぬ趣味のことまで聞かれた。

俺はテレクラと答え、金太はアダルトビデオ観賞と、二人とも正直に答えてやったのに、おっさんは首を傾げるばかりで俺達を信用してくれなかった。

ほんまに今時のおっさんは遊び心がないというか、冗談がわからんというか、融通のきかん奴ばっかりや。

「兄貴、これから僕達どこへ連れて行かれる？　もう釈放なのかな」

金太はおっさんに聞かれないように小声で聞いてきた。

「……あまいわ!!　あますぎて糖尿病になるわ」

「なんで糖尿病になるの？」

金太はまじに聞いてきた。

「冗談やんけ！　お前はこのぐらいの冗談がわからんでよう漫才師になったな」

「だって……」

「とにかくな最低二〜三日は留置場に入れられるのがお決まりのコースなんや」

「ほな、これからどこへ行くの」

「……多分、雑居房だよ」

「雑居房!!」

「ええか金太、わざわざ説明しなくてもわかっていると思うが留置場というとこはな、怖いお兄さんばかりが集まった所や。だから決して失礼なこと言うなよ。とにかくお前は礼儀正しく黙っていればええんや、わかったな」

そうこう話しているうちにおっさんはある雑居房の前で止まった。その雑居房の表札には『二年さくら組』と書いてある。

「兄貴、怖い所にしては何か可愛《かわい》い名前やで」

「おかしいな、テレビで見たのとは全然ちゃうな」

おっさんは俺達に入り口で待っているようにと言って、その雑居房の中に入って行った。

俺と金太はこっそり雑居房の中を覗《のぞ》いてみた。部屋の中には頭を丸刈りにしたいかつい猛者《もさ》達が数人いた。俺はやっぱりテレビで見た通り、ここは留置場に間違いないと確信した。

おっさんは囚人達のところに近付き、何かこそこそと言っている。囚人達は真剣な顔をしておっさんの言っていることに耳を傾けていた。

突然、おっさんは「おい、そこの二人入って来い」と大きな声で叫んだ。俺と金太は突然のご指名にどうしたらいいのかわからなくなり、

「オイッ金太、お前先に入れよ」

「やだよ、兄貴先に入んなよ」

と入り口でもめてしまった。

「わかった、ほな、一緒に入ろう」

「うん」

俺と金太は木でできたドアをそっと開け、スキップしながら一緒に入って行った。

「みなさーん、こんにちはー」

俺達二人は舞台で挨拶《あいさつ》するように努めて愛想良く、元気に挨拶した。

囚人達は一斉に俺達のほうを向き、鋭い視線をこっちに送ってきた。

俺と金太は出端《ではな》をくじかれたように一気に静まり返り萎縮《いしゅく》してしまった。

「貴様らなんば、でくの坊みたいに突っ立っとるとや！　はようこっちん来てみんなに元気な顔ば見せてやらんかい」

おっさんは俺達を中央にある長テーブルに誘導し座らせ、囚人達も俺達を囲むようにして座った。俺と金太は猫背で座っていたが、他《ほか》の囚人達は背筋が見事に伸びていた。

「とにかく二人が無事に帰ってきたんだけん、みんなあたたかく迎えてやれ」

おっさんはそう言ってまた大きな声で笑い、そのまま出て行った。

おっさんが出て行った後残ったのは、笑い声の余韻と静けさだけであった。

しばらく沈黙が続き、誰がこの沈黙を破るのかお互いがそれぞれ期待しあっていた。

耳に入って来るのは外でせわしく鳴いている蟬《せみ》の声だけで、この時ほど、あの松尾芭蕉が詠んだ『閑《しず》かさや岩にしみいる蟬の声』という俳句が理解できた瞬間はなかった。

しかし世の中というものはいつも変化するのが常であり、このなが－い沈黙も時間と勇気ある青年によって解決された。

「岸田中尉、福元、ほんまに軽い怪我《けが》で済んでよかったの－」

見るからにひょうきんな関戸が俺達に話しかけてきた。

俺と金太は顔を見合わせ、

「岸田、福元？」

思わず自分の名前を言い直そうとしたがせっかく気を遣って話しかけてくれたのだから俺も話を合わせ、

「……そうですね、ほんまに軽い怪我で済んで助かりました」

今の一言で緊張の糸が切れたのか、なぜか場内は笑いで溢《あふ》れた。俺と金太も合わせるように意味もなく思いっきり笑った。

そして、援護射撃するように一番体格のいい寺川がこの明るい会話に参加してきた。

「本当に良かったよ、むだ死にしなくてな。やはり死ぬときは艦《ふね》の一隻でも沈めてから死なないと死に切れないだろう」

「ふね？」

金太は急にまじな顔をして聞いた。

「いや、やっぱ、トラックにはかないませんよね」

俺《おれ》はその場を繕うように返事をした。

「何を言うてはるんですか？　貴官達が出撃しようとした所は、トラック諸島ではなく、沖縄やないですか」

「いいやー、私達は沖縄に行く予定なんかなかったすよ。羽田埠頭《ふとう》に釣りに行くぐらいが精一杯ですよ」

「…………!?」

囚人達は突然、お互いの顔を見合わせ黙ってしまい、俺達の顔をじーと見つめた。何か気に障るようなことを俺は言ったのかなと反省していると、

「僕達ねー、上野にギャル、ナンパしに行こうとしてたんや」

「なに!?」

金太はまた調子に乗っていらんことを言い出した。

「ギャルをナンパ」

　と突然、囚人達は一斉に立ち上がり、

「それは、新しい戦闘計画の暗号か？」

　寺川は一つ一つ言葉をかみしめるように聞いてきた。

「そう、女の子を引っかける計画だったんすよ」

　馴《な》れ馴《な》れしく金太は答えた。

「おんな？……人が真面目《まじめ》に話を聞いていると思ってふざけやがって……それでも貴様らは戦友か」

「センユウ？」

「あの、私達は別に西友に買い物に行くつもりはなかったすよ」

「そや、今はなユニクロがいけてんねやで。なあ、兄貴」

　囚人達はまるで、幽霊でも見ているかのような顔をして俺達を凝視していた。そしていかにも知的な顔つきをした山本が首を傾げながら聞いてきた。

「そういえば、いつから岸田中尉達は関西弁を喋《しゃべ》るようになったんですか」

「いつからって、生まれた時からに決まってますやん」

　俺はニコニコしながら愛想笑い顔で答えた。隣で金太もニコニコしていた。

「うそですよ、ここで関西弁を喋っていたのは自分だけやで」

と関戸が言った。

「あっ、そういえばお兄さんも関西弁ですな」

「お兄さん!?」

「あっ、すいません……えーと……かんどさん、ですか」

俺は関戸の胸に縫い付けてある名札を見ながら答えた。

「かんどさん!?」

「あのー、関西はどちらのご出身で」

「中尉も知っての通り、大阪に決まってるやないですか」

「大阪!!」

俺はわざとらしく驚いて見せた。少しでも親近感を誇張するための精一杯の自己演出である。

「いやー、偶然やわー、私達は隣の兵庫県なんですよ。と言ってもド田舎なんですけどね。でも同じ関西人ということでこれからも仲良くお願い致しますわ。ほら、金太も頭を下げんかい」

そう言って俺は金太の頭を無理やりおさえた。

関戸は口を開けたままただ唖然《あぜん》としていた。

「でも、お二人とも東京出身じゃなかったですか」

前川が聞いてきた。

「東京!! ちゃいますよ。漫才するために田舎から東京に出てきたんやで、もともと……」

「まんざい?」

「そう、実は私達、漫才師なんですわ。もちろん今はまだ無名なんやけど、これからという時に、こうして留置場にお世話になってしまった訳なんですよ」

俺は頭を掻《か》きながら照れ笑いをして答えた。金太もすることがなく同じように頭を掻き照れ笑いをしていた。

「留置場?」

山本は小さな声で聞いてきた。

「でも人殺しとか強盗などといったたいしたものでなく、ちょっと自転……いや、ナナハンで事故ってね。なっ金太」

俺は箔《はく》をつけるために嘘《うそ》をつき、片目をつぶって金太に合図をした。

「えっ、そうなんやわ。兄貴、スピード出し過ぎの上に信号無視するから」

「それで、二人とも気失っちゃって気が付いたら、この留置場にいたというわけなんですわ。ほんまに」

四人達はただ黙って俺達の話を聞いていた。

「そやけどこの留置場、変わった留置場ですね。いやー、私達初めてお世話になるもんやから……あのーここには檻《おり》みたいなものはないんですか?」

「檻？……貴様ら、本気で言っているのか」

寺川がドスの利いた声で聞いてきた。

「いや……別にからかうつもりじゃないんですよ。テレビで見た予備知識とは全く違っていたもんやから」

「……メット？」

「そうなんすよ、なんせメットをかぶっとらんかったもんで」

袖《そで》で額の汗を拭《ふ》きながら関戸が呟《つぶや》いた。

「こいつらよほど重症やでー」

「あのここは何というとこなんすか」

「鹿屋《かのや》基地航空隊ではないですか」

今まで隅で黙って聞いていた人の良さそうな米谷が初めて口を開いた。

「かのやきちこうくうたい？」

「兄貴、知っている？」

「いや、聞いたことがないで。俺はてっきり、府中《ふちゅう》刑務所かとばかり……」

「ねぇ兄貴、僕達は何年ぐらいここで、くさいめし食わなあかんの」

「そんなんわかるか、まだ裁判も受けてないのに……あのー、先輩方はもう判決は下ったんですか……あとどのくらいここにご滞在のご予定でしょうか？」

「勿論《もちろん》、死ぬ時がくるまでじゃないか」

寺川は表情一つ変えないで淡々と答えた。

「死ぬまで!!……じゃ、終身刑ってわけだ」

「ほんまかいな、一生こんなところで終わらなあかんの。ほんなら僕達の夢はどないなるの、上方お笑い名人大賞は」

金太は半分、泣きそうになった。

「じゃかましいな、ちょっと、考えさせせんかい……あのー、先輩方は一体どういう罪でここに？」

「岸田、福元、いいかげんにしろ!!」

真っ赤な顔をして突然、寺川が怒って立ち上がった。

俺と金太は何事が起こったかと顔を見合わせ、

「あのー、さっきから岸田とか福元と呼んでますけど、私の名前は田代、こいつの……」

「いいからよく聞け!!」

「はい」

俺達は素直に返事した。

「ここは留置所でもなんでもない、特攻最前基地の鹿屋海軍航空隊神風特攻第二御盾第三〇一戦隊じゃないか」

「………？」

俺達は寺川が何を言っているのか皆目わからなかった。

「よく考えて思い出してみろよ。貴様達は八月一日早朝、沖縄目指して特攻機で出撃したが、離陸直後エンジントラブルを起こして墜落、命は奇跡的に助かったが……」

「特攻機？……いやっ、私達はナナハンに二人乗りしていてトラックが……」

「いいかげんに目を覚ませ!!」

突然、寺川は俺の胸倉をつかみ殴ろうとした、その時、一斉に他の囚人達が止めに入り寺川を力ずくで押えた。

「寺川中尉、止めてください！　彼らはまだ病人なんです。さっき軍医がおっしゃったばかりやないですか。あんまり彼らを興奮させてはいけないと……ほんま中尉は短気なんやから」

関戸はそう言って寺川をなだめた。寺川はみんなの手を振りほどいて部屋の隅に行き、ふてくされながら飛行靴を一人でみがき始めた。

「あのー、何か気に障るようなこと言ったでしょうか」

俺は恐る恐るみんなの機嫌を窺《うかが》いながら聞いた。

「兄貴がナナハンなんて格好つけて嘘をつくからやんか」

金太が俺の耳元で囁《ささや》いた。

「いや、別に何もないですよ」

そう言って山本は立ち上がり、自分の小物入れからノートと鉛筆をもって来た。そしてまるでお医者さんが患者に容態を聞くように、俺達に話し掛けてきた。

「……先程ナナハンとかジコッタとか言っていましたけど、あれはどういう意味ですか」

「どういう意味って聞かれても……ナナハンは七五〇ccのことでしょう。ジコッタは事故ってしまったんですよ……でもほんまは新聞配達用の自転車やったんすよ。すいません、嘘なんかついて……」

「…………」

囚人達は皆まばたきもせずに、不思議そうな顔をして俺達を見ていた。

「ねぇ兄貴、多分、彼らはムチャクチャ田舎で育ったとちゃうか」

「そやけどナナハンくらい知っていますよね」

「それはゼロ戦より速いのですか」

山本はすかさずメモを取りながら聞いてきた。

「ぜろせん?……兄貴知ってる?」

「……ホンダからでた新車かな」

「貴様ら、ゼロ戦も忘れたのか!!」

隅で靴みがきしていた寺川が我慢できずに叫んだ。

「中尉は、おとなしく黙って聞いていてください」

そう言ってまた関戸がなだめた。

「ぜろせんねー、どっかで聞いたことあるんやけどな」

「そうや、思い出してください。岸田中尉達が出撃した時に乗っていた戦闘機やないですか」

「戦闘機?……あのーもしかしたら零式戦闘機のことですか、あの太平洋戦争で日本軍が作ったかっこいいやつね」

「そうや、その通りや。思い出してきたやないですか……」

関戸はまるで自分のことのように喜んだ。

「なんや、そのゼロ戦のことかいな、そんなんいくら中卒の僕らでも知ってますよ。よく子供のころプラモデルで作ったよね、兄貴」

「ぷらもでる?」

山本が呟《つぶや》いた。

「そやな、懐かしいなー……でもその昔の戦闘機とナナハンと、なんの関係があるんや?」

「むかし?」

全員が声を揃《そろ》えて聞いてきた。

「えー、戦時中の話でしょう。あれは昭和何年やった? 金太」

「兄貴、僕に歴史の質問なんかしたらあかんで……そやけどあれは確か、大阪万博より昔の話やで……お母ちゃんが子供の頃やな」

「そやな、とにかくずーと昔の話やな、今や自衛隊ではファントムとかF16とか、ジェット機の時代やで、プロペラ機なんてもう化石!!」

「…………!!」

山本はメモを取るのも忘れあっけに取られていた。残りの囚人もただボー然として俺たちの話を聞いていた。

「それにこれからはスペースシャトルのようにスターウォーズの時代ですよ、ゼロ戦なんて昭和の遺物やんけ」

「貴様らいつまで寝言みたいなこと言っているんだ、今は昭和何年だと思っているんだ」

部屋の隅にいた寺川は、肩を怒らせこちらに歩いてきた。

「昭和？」

俺は突拍子《とっぴょうし》もない質問に思わず声が裏返ってしまった。

「冗談は止めてくださいよ。古いなー、今は平成ですやん。それにもう二十一世紀やで。昭和の時代はもうとおーに終わったで。なっ金太」

「うん、昭和天皇はとっくの昔に死んだでー」

「天皇陛下が崩御された!?」

突然、全員立ち上がり、直立不動のまま顔を強張《こわば》らせた。中にはもう涙ぐんでいる奴もいた。

俺は何もそこまで大袈裟《おおげさ》に驚かんでもいいのにと思った。この留置場はよほど娑婆《しゃば》と切り離された閉鎖的なところらしい。

「貴様!! いくらなんでも言って良いことと、悪いことがあるぞ」

寺川は今にも爆発しそうな顔をして俺達を睨《にら》んだ。そんな寺川をなだめながら山本が言った。

「……今は昭和二十年ですよ」

「二十年!?」

今度は俺達が声を揃えて驚いた。

「そう、昭和二十年八月一日だ。今は大東亜《だいとうあ》戦争の真っ只中じゃないか」

俺と金太はしばらく黙って彼らの顔を見つめ、そしてお互いの顔を見合わせ急に笑い出してしまった。

「まったく、かなわんなー、みんなまじな顔をして、冗談でしょ。俺達、新米をかつごうとしているんですね。そやけどもう少しましな嘘《うそ》をついてくださいよ……あのー、こういうオリエンテーションはこの留置場の伝統なんすか」

「ここは留置場じゃない、海軍だ」

寺川は机を叩《たた》きながら言った。

「また、先輩、顔に皺《しわ》なんかよせちゃって。この役者!!」

そう言って俺は笑いながらもう一度、改めて部屋の中を見回してみた。確かに彼らが言う通り、この部屋は監獄というには程遠いものがあった。

壁は今にも剥《は》がれそうな土壁だし、窓には鉄格子などといった恐ろしいものはなく、木の桟でできた、昔よく見かけた普通の窓である。子供でもいとも簡単に脱走できそうな所だ。

「そういえば兄貴、確かにここは留置所にしては造りが簡単やで、なんか田舎の掘立て小屋みたいやで」

「ここは国民学校の校舎ですよ」

米谷が当り前のような顔をしてこちらを睨んだ。

「国民学校？……」

俺達には彼らの言っていることが全く理解できなかった。

「敵B29の空襲から逃れるために、田舎の学校を借りてこうして隠れているんじゃないですか」

山本までもだんだんいらだってきた。

「兄貴、空襲てなんや？」

「……つまり、その一あれやんか、腹が減ったということや」

「それは空腹や、貴様ら空襲もわすれたのか」

さすが本場、大阪出身の関戸や。みごとなツッコミである。

「つまり空襲というのはな……」

と突然、外で甲高い音が鳴り響いた。子供のころ河原で遊んでいて、ダムが放水するときに鳴ったようなサイレンの音である。

囚人達は打ち合わせをしていたかのように、一斉にあわてて駆け足で部屋を飛び出して行った。

「兄貴、何が起きたん？」

「さあー？」

彼らと対照的に俺達は落ち着き払っていた。

しかし取り残された俺達も何となく不安になり彼らの後を追って廊下に出てみた。

廊下に出てみると、彼らと同じような丸刈りをしたいかつい男たちが、あわてていろんな部屋から飛び出してきた。

「兄貴、もしかしたら集団脱走かもしれんで」

俺達二人は目の前で起きている出来事についていけず、他人事《ひとごと》のようにただ突っ立って見ているだけであった。

「岸田、福元、そこで何をボサーとしている、早く防空壕《ぼうくうごう》へ退避せんか!!」

遠くで大声で叫ぶおっさんがいた。山田分隊長である。

「兄貴、あの恐《こわ》そうな人、誰？」

「さあー、多分、看守さんとちゃうか」

「でも、あのおっさん、どっかで見たことあるな」

「そういえば……」

と、つまらんことでもめているうちに、外で〝ドドドドーン〟という音がし、それと同時に地響きまでしてきた。

さすがに俺達もこれは何か一大事が起きているのだと直感し、とにかく囚人達が逃げる方へと、どさくさに紛れ走って行った。

俺と金太は囚人達にもまれながら階段を降り、出口の方へむかった。そして外へ一歩出て、俺達の目に飛び込んできた光景を見て俺は一瞬自分の目を疑った。

「…………!!」

なんと俺達の頭上を、本物のゼロ戦が爆音を発しながら飛んでいるではないか。しかも空だけでなく、目の前に広がった運動場のような所に、数十機ものゼロ戦が並んでいるのである。整備員のような服を着た若者達が、必死でそのゼロ戦をどこかに誘導しようとしていた。

俺と金太は目の前で起きている出来事が信じられず、ただ呆然《ぼうぜん》として見ていることしかできなかった。

「これは夢なんや……夢でなかったら、何かの間違いで映画の撮影現場に紛れ込んでしまったんや」と、俺は心の中で何度も繰り返し自分に言い聞かせた。

しかしその仮説は次の瞬間、みごとに覆されてしまった。

ふと空を見上げると、いなごのごとき大群となってB29爆撃機の大編隊が来襲してくるのが目に入ってきた。

その瞬間、「ヒューヒュー」という特有の爆弾落下音の交響曲と共に、突然、俺と金太の目の前でドドドーンという心臓をえぐるような炸裂音《さくれつおん》を発し焼夷弾《しょういだん》が次々と爆発した。

遠くの丘では樹木等で偽装隠蔽《いんぺい》した砲兵達が一斉に敵B29の大編隊に猛烈な対空砲火を浴びせていた。

上空で炸裂し雲のように靡《なび》く高射砲弾の煙の塊、しかし、高度上空で悠々と飛行するB29には全くと言っていいほど砲弾幕は届かない。

そんな日本軍を嘲《あざけ》り笑うように容赦なく爆弾の雨を降らすB29は、滝の落ちるような落下音、蟻《あり》の這《は》う隙間《すきま》もないくらい地上掃爆する。

無我夢中で撃ちまくる砲兵達、彼らのそばで至近弾が爆音を発し炸裂した。

土煙と共に四方八方に飛び散る弾片が砲兵達の体に容赦なく突き刺さる。噴水のごとく血を噴き即死する数名の砲兵達。まともに爆弾を食らい、高射砲と共に吹っ飛び宙を舞う。

滑走路では次々と、爆音を立てて誘導中のゼロ戦が爆発炎上している。

四方に上る黒煙と火炎、その中から火だるまの整備員が悲鳴を上げながら出て来た。彼は燃え上がる自分の火を振り払おうともせずただ両手を上げて、きたる数秒後の運命に身をゆだねているようであった。

そして彼は力尽きて地面に伏せた。「パチ、パチ」といった歯切れの良い音でなく何か鈍い、口では言い表せない音を発しながらその若者は燃え続けていた。

俺達の身に何が起きたかわからないが、これは映画でもスタントマンのアトラクションでもなんでもなく、目の前で起きている光景は嘘も偽りもない現実そのものなんだと、その瞬間思い知らされた。

しかしそんなことを考えている暇もなく、今度は俺達の目の前に爆弾が落ちてきた。それも次から次へと。

その時初めて自分達の命が危険にさらされていることに気が付いた。そう思った瞬間から俺と金太はびびってしまい、何もできずその場に這いつくばってしまった。爆風とそれによって運ばれて来る土砂を浴びながら、爆音よりも大きな悲鳴を上げることしか俺達にはできなかった。

しかし、地獄に仏とはよく言ったもので、パニック状態の俺達を見て山本が助けにきてくれたのである。

「岸田中尉、福元少尉、そこで何をしているんですか!!　早く防空壕へ避難してください!!」

「あのね!!　僕の名前は金太なの!!　そしてこっちにいる兄貴が……」

俺は金太の頭を思いっきり叩き、

「今はそんなことはどうでもええねん!!　お前は時と場所を考えろよ、時と場所を!!」

そして俺達はびびった腰を上げ、山本の逃げる方へ爆弾の降る中、耳を両手で押え、へばり付くようについて行った。

爆弾が落ちるたびに地面に伏せては起き上がり、起き上がっては伏せ、本当に当たらないほうが不思議なほど爆弾は空から容赦なく降って来た。

俺《おれ》と金太はジェットコースターにでも乗っているかのように「ワァーワァー、キャーキャー」言いながら進んで行った。

その途中、伏せた瞬間、爆風と共に血だらけの手首が俺達の目の前に降って来た。山本は無理やり俺達の服を引っ張り、防空壕の方へ強引に誘導して行った。

憧《あこが》れの防空壕は、川を渡った向こうにあり、最後の難関は人一人程の幅しかない橋を渡ることであった。

本当に人生というものは皮肉なもので、これで最後という時に必ず何か大きな難関が待ち構えているもんだ。

全く安っぽいテレビドラマじゃあるまいし、たまにはすんなりいかせてくれないものだろうか。

山本は俺と金太を先に渡らせ「早く、早く!!」と後ろからせきたてる。

そんなこと言っても、こっちはいつ当たるかもしれない爆弾の恐怖から逃れることで頭がいっぱいで、体が思うように動かないだけなんだよ。早く渡りたいのはこっちも同じだ。

そしてあともう少しで渡り終わるという時に俺達のすぐ横で爆弾が落ちた。

物凄《ものすご》い爆音と共に大量の水しぶきが俺達を襲って来たのである。

俺はビショビショになりながらとっさに橋にしがみつきその場から離れなかった、というより、情けないけど腰が抜けてしまったのだ。

しばらく爆音のため「キーン」という音が耳から離れずあとは何も聞こえなかった。

俺はゆっくり目を開け、自分の体の一部が飛んでなくなっていないかを恐る恐る確かめたあと、後ろを振り向き金太の無事を確かめた。

金太も同じように腰を抜かしタコのように橋にへばりついていた。

その後ろで、水しぶきでずぶ濡《ぬ》れになった山本が何か大きな声で叫んでいる。

多分、「何をしているんです、早く立ってください、早くー!!」などと叫んでいるのだろうが、今の俺の耳では聞き取れない。たとえ聞き取れてももう腰が抜けて立てないのだ。

しかし、そんなことにはおかまいなくB29は無情にも爆弾を落とし続けた。

そんな俺達を見かねた山田分隊長が防空壕から出てきて、

「貴様ら!! そんなとこで死にたいか、死にたいなら、俺が先に殺してやる!!」

と叫びながら持っていた機関銃で〝バリバリバリバリ〟と俺達の足元めがけて撃ってきた。

弾は俺と金太の目の前で数十発炸裂した。腰を抜かした俺達でもさすがに殺されると思ったのか、気がついたら防空壕を目指し全力疾走していた。

そして、山本が最後に橋を渡り終えるやいなや爆弾は橋に命中し木《こ》っ端微塵《ぱみじん》に吹っ飛んだ。

俺達三人は飛び込むように防空壕に逃げ込んだ。

防空壕に入ってからも俺と金太は外で爆弾が落ちるたびに「助けてくれー」「一一〇番だー、自衛隊を呼べー」などとわけのわからんことを言って半狂乱になっていた。そんな俺達を周りのみんなは、ただ白い目で見るだけであった。

あれから数時間が経ち、すでにB29は通り過ぎ外は平静をとり戻していた。

俺と金太は、誰もいない防空壕の隅で、二人抱き合い震えていた。もう全身、水しぶきと汗でびちゃびちゃであった。

金太は俺の左手を握ったまま、

「……兄貴、爆撃はもう終わったみたいやで」

「なに!!……ほんまか？　ほんまに終わったか」

俺はやっと冷静になり、防空壕にはもう誰もいないことに気付いた。しばらくして金太の手のおき場所に初めて気が付いた。

「……お前、いつまでその汗ばんだ手で俺の手を握ってんねん。知らん奴が見たらホモやと思うやろ!!」

俺は金太の手を思いっきり振り払った。

「兄貴だって僕の肩を抱いたままやんけ!!」

よく見ると俺はしっかり汗ばんだ右手で金太の肩を抱き締めていた。

「………」

しばらくいやーな沈黙が続いた。そのことから逃れるためにも俺達は防空壕を出ることを余儀なくされ、黙って外に出た。

外に出た瞬間、真夏の蒸し暑さがムッと一斉に襲い、忘れていた夏を強引に再確認させられた。そしてまだ残っていた汗が一気に噴き出してきた。

しかしその汗を一気に冷汗に変えさせたのは目の前にある現実であった。黒煙を上げ燃える数機のゼロ戦、メラメラと燃える一部の校舎、その中を必死でバケツリレーをしながら消火活動をしている隊員達、被弾あるいは猛火に身を焼かれ、全身ケロイド状態の負傷者を素早く応急処置している衛生兵、血塗《ちまみ》れに、あるいは体の一部が吹っ飛んでしまっている数個の死体。

俺達はもうわかっていた。この現実が夢でも幻でもないことを。

「そんなアホな、どこで、どうなっちまったんや」

俺は腰が抜けるようにその場に座り込んでしまった。

しばらくして、

「わかった!!　兄貴、これはドッキリカメラなんや」

と金太は大発見でもしたかのように大声で叫んだ。彼は自分の説に酔いしれ、勝ち誇っていた。

俺は奴のそんな気分をぶち壊すためにも重い腰を上げて立ち上がった。そして自分の手が痛くなるほど金太のど頭《たま》を叩いた。

「お前はどこまでアホや！　よう見てみー、まじに人が死んでんねやで。それなのにこれがジョークでしたで済まされると思っとんのか。それにわざわざ俺達を騙《だま》すために、こんな大仕掛けするような暇なテレビ局はないわ。どこに隠しカメラがあるんや!!」

「そやけど……」

「そやけどもくそもあるか、人が真剣に考えてるのに、ほんま情けないわ。お前みたいなアホとコンビを組んで……」

「ほな、なんで僕達こんなところにいるの」

「それがわからんから今こうして真剣に考えてんねやろ」

俺は再び地面に座り込み頭を抱え込んでしまった。

「よーく思い出して考えてみろよ。俺達は二〇〇一年の八月一日に羽田の埠頭《ふとう》で釣りをしていた。そして自転車で二人乗りをし、上野に行こうとしてその途中でトラックとぶつかった。……それで気がつくと、軍隊かなんか知らんけどこのオンボロ小学校にいたんや。それも五十六年という歳月を飛び越えて昭和二十年に逆戻りしてたんや。そやから問題はや、トラックとぶつかってここに来るまでの間に何が起こったかや……」

「兄貴、もしかしたら僕達、タイムスリップしたとちゃうの」

金太は座って周りの草をむしっていた。

「……俺もそれを考えたよ……そやけど、もしこれがタイムスリップなら、俺達二人はこの時代では全くのよそものということになるやろ。でも不思議なことに俺達はここに存在してたんや。周りの人達はみんな俺達のことをよく知っている。……ただ名前だけが違っているみたいやけど」

俺は、ふっと周りの景色をながめた。

「……それにな俺の気のせいかもしらんが、この景色どっかで見たことあるような気がするんやなー」

「兄貴もかいな、僕もやわ。初めに兄貴に言おうと思ったけど、また兄貴にアホにされるから言わんかったけど、どこかで見たというか、なんか懐かしい気がするんやな」

金太は草むしりの手をやすめ、俺の顔をじっと見て、

「……ただ兄貴の顔だけが、どこか前と違っているように見えるんやな」

「お前もそう思うのか。俺もベッドで意識を取り戻してから、ずーとそう思っとったんや」

確かに言葉ではうまく説明できないが、二人共、以前と顔が別人のように違って見えた。

俺と金太は顔に穴があくほど、お互いを観察しあった。

「あれ金太!! お前そんなに透《すき》っ歯やったか？」

「それ……前から」

「あっ御免」

「あーっ兄貴!! 兄貴の鼻そんなに……だんご鼻やった?」

金太の頭を思いっきり叩き、

「てめえ、よくも俺が一番気にしていることをずけずけと……」

金太は叩かれた頭をさすりながら、

「だって兄貴かて僕が気にしていることを言うたやんか……もう僕の頭を太鼓みたいにボコボコ殴って、これ以上、頭悪くなったらどないするんや」

「それ以上、悪くなるかい。かえって良くなるわ、それにお前は……」

とつまらぬことを大声で言い合っていたら、

「岸田、福元、いつまで防空壕《ぼうくうごう》のそばにいるんだ!! 早く貴様達も消火活動せんか」

あの怖い山田分隊長が遠くで叫んでいる。

「兄貴、あの恐ろしいおっさんやで」

「まずいな、ここで逃げたらまた機関銃をぶっぱなしかねんで……」

俺はしばらく考え、

「……いいか金太、ここはしばらく様子を見るためにも、そのなんとかという奴らになりすましとけばええんや……それからや、今後の俺達のことを考えるのは。わかったな」

「……………」

ほんまに理解できたかのかわからんが金太は一応頷《うなず》いた。そして防空壕から離れ、恐る恐る隊員達のいる所へ近付いて行った。

その夜、俺と金太は他の隊員達と同じように教室の床にむしろを敷き、その上にもう何年も洗っていないような毛布を、体の下に敷いて寝た。しかし俺はこの不可思議な出来事に興奮して、なかなか眠れなかった……が、ふと横にいる金太を見ると、何事もなかったように口を開け熟睡をしていた。

俺はこの時ほど金太が大物に見えた時はない。こういう心臓を持った奴が総理大臣になることができるんだと思った。

しかし周りを見ると他の隊員達もぐっすり寝ている。

ほんの二〜三時間前までは空襲で戦友が何人も死んで、その後片付けをしていたというのに、彼らはもう明日に向かって生きている。

軍人というのは過去を振り返るということをしないのだろうか。それとも戦争というものが彼らをそこまで変えてしまうのだろうか。

『戦争を知らない子どもたち』という歌が一時流行《はや》ったが、戦後生まれの俺にとっては到底理解できないし、これからも理解したくはない。

そうこう自問自答しながらこの不可思議な一日を振り返っているうちに俺もいつのまにか眠りに落ちてしまった。

なにか懐かしいふるさとに戻ったような気分に包まれて。


東の空に太陽が昇り始め、空は透き通るように青い。そしてまた暑い一日が始まろうとしている。

校舎の前に聳《そび》え立つ国旗掲揚塔の日章旗、まるで太陽が空に二つあるようである。その下でピカピカに磨いたラッパを吹く若き隊員、彼の吹いた勇ましい起床ラッパの音が朝の沈黙を破るかのように空一面に響き渡った。

その音を聞いて一斉に隊員達が起き上がり、それと同時に毛布とむしろを片付け始めた。それも定規で測ったように正確に畳み、点呼をとるため迅速に運動場に出て行った。その間、わずか数十秒である。

彼らが出て行った部屋は水を打ったように静まり返った。ただ俺と金太の高いびきだけがむなしく部屋中に響き渡っていた。

真夏の太陽がさんさんと輝く中、若き隊員達は山田分隊長を先頭に隊を組んで駆け足をしている。その後ろで俺と金太は、ヨロヨロになりながら彼らについて走っていた。

彼らとの間が少しでもあくと分隊長が前から飛んできて、

「貴様らそれでも軍人か!!」

と怒鳴る。

「俺は漫才師や!!」

と大声で叫びたい気持ちで一杯であった。が、分隊長の怒りに満ち溢《あふ》れた顔を見ると何も言えなくなってしまう俺だった。

というのも今朝、俺と金太が寝坊したせいで分隊長の怒りは今にも爆発しそうなのである。こうして全員走らされているのも軍隊でいう連帯責任というものらしい。関係のない他《ほか》の隊員達までもこうして俺達と一緒に走らされているのだ。

しかし彼らのタフさにはついていけない。もうかれこれ一時間以上も走っているというのに彼らは表情一つ変えないでもくもくと走り続けている。

それに比べ俺と金太は顔面蒼白《そうはく》となっていた。出る汗も出尽くし、その汗が塩となって噴き出ている。

太陽の日射しが容赦なく俺達の肌に降り注ぐ。もうここまでくれば暑いというより痛い。そのうえ地面からはもやもやと太陽の反射熱が俺達を襲う。まさに生き地獄である。

「なんでこんなことさせられなあかんのや。神様、俺達は何か悪いことでもしたんかいな」と心で叫びながら意識朦朧《もうろう》として走っていた。

「ようし五分、休憩!!」

山田分隊長が大声で叫んだ。俺達にとってその言葉はまるでマリア様の声のように聞こえた。さっきまで張り詰めていたあの緊張が今の天からの声によってプッツンと切れてしまった。気力だけで走っていた俺達の体はただの腑《ふ》抜《ぬ》けになり、重力の法則に従い地面へと吸い込まれて行った。

しかし安楽地であるはずの地面は目玉焼きができそうなくらいにまで熱くなっていた。俺と金太はその灼熱《しやくねつ》地獄から逃れようと無意識のうちに木陰の方へと這《は》い進んでいた。

そしてやっとの思いでオアシスに着いた俺達は、ひんやりとした地面に顔をすりよせオーバーヒートした体を冷却させた。

ガサガサという音を立てて微風《そよかぜ》が木陰を揺らす。その天然のクーラーが体全体を優しく包み込む。その気持ちの良さに俺達は全てを地面にゆだねた。目をつぶって何も考えず心を無にして微風の音だけを聞いていると、まるで自分の体が地面と融合し地球の一部と化したようであった。

そしてしばらくしてそっと目を開けると、すぐ目の前で小さな蟻達が一秒の時間も惜しむかのようにせっせと働いている。それも一匹一匹が個性を持ち、自分の時間の中で生きているようだ。

これほど蟻達を身近に感じたことは生まれて初めてである。考えてみると今までこんな小さな命を意識したことがなかったような気がする。

体の大小はあれ、それぞれ同じ地球上で生きている生物であることは紛れもない事実なんだと思い知らされた。

と突然、隣のほうから「ゲーゲー」と吐く音が聞こえてきた。

〝金太だ！〟

人がめずらしく「生の素晴らしさ」というものに浸りきっている時に、こいつはそれをぶち壊しやがって……。

全く情けない。いくら日頃から運動不足だと言ってもこのぐらいの距離で吐くなんて。蟻でさえこの暑い中、何時間も休まず働いているというのに。こいつは蟻以下の生物だ。同じ哺乳《ほにゅう》類として恥ずかしいばかりである。

……そう馬鹿《ばか》にしながら金太が吐くのを見ていると、こっちまでも気持ち悪くなり自分も思わずつられて吐いてしまった。

二人して「ゲーゲー、ゲーゲー」、まるで秋の夜長を鳴き通す虫の合唱のようであった。

その時、関戸が俺達に近付いてきて、

「岸田中尉達、大丈夫ですか」

と覗《のぞ》き込んできた。

俺達《おれ》は苦しくて喋《しゃべ》ることもできず、うめき声で頷いて返事をした。しばらくして金太は、

「……兄貴ー……これだったら……死んだ方がましだよ……」

と、うめき声を言葉にした。

「……右に同じく……」

俺も同じようにうめき声で返事をした。

「なにを言うてはるんですか、岸田中尉らしくもないですよ」

そう俺達に檄《げき》を飛ばした。そして関戸は周りを見渡し、誰もいないことを確かめると小声で、

「まだ、病床の身です。あんまり無理しないで下さい」

と優しく言ってくれた。

「……あ・り・が・と・う……」

俺はうめき声で一語一語で答えた。

この時代にきて初めて人間の優しさというものに触れた感じがした。

それまで彼らが異星人のように思えていたけど、少しだけ身近に思えてきた。

その時、どこからか一人の伝令が、山田分隊長の所に駆けてきた。そして彼に一枚のうすっぺらな紙を渡した。

「…………」

その紙を見て分隊長は、大きく深呼吸し、隊員達をゆっくり見渡した。そして、

「……ただいま入電した偵察機の報告によれば沖縄沖に北上してくる敵機動部隊を確認、よって我が部隊の中から三名、明日早朝、出撃を敢行する。今から名前を呼ぶ者、一歩前へ……」

一瞬、その場は水を打ったように静まり返った。

耳に入ってくるのはせわしく鳴いている蟬の声と風で揺れる深緑の樹木だけで、その他の音はこの地球上から全て取り除かれたように思えた。

「……林基宏少尉、米谷文雄少尉、東郷辰美上飛曹!!」

「…………!!」

急に複雑な表情に変わる米谷、林、東郷の三人。そしてなぜか他の隊員達は彼らの顔をまともに見ようとはしなかった。

ゆっくり一歩前へ踏み出す米谷達。この先、彼らがどういう運命をたどるのか他の隊員達もそして米谷達本人も、もうわかっていた。

「以上三名の者は至急、飛行隊長室へ!!」

「はい!!」

と米谷達三人は元気良く返事をし、軽く分隊長に挙手の敬礼をして飛行隊長室に駆け足で向かって行った。

「よーし、残りの者は訓練続行!!」

張り詰めた空気を壊すように山田分隊長は大声で号令をかけた。

隊員達は自分達の心にあるそれぞれの思いを断ち切るように、迅速に隊を組んで走り始めた。

そのエネルギーは現代の若者達には到底及ばない物凄《ものすご》い生きる力を感じさせるものであった。

しかし、俺と金太はあいかわらず木陰であきもせずに「ゲーゲー」と二人で合唱をしていた。


風ひとつない蒸し暑い熱帯夜、夜空には満月が皓々《こうこう》と輝いている。水飴《みずあめ》を被《かぶ》ったように汗でベタベタした体。

文明生活に慣れた俺達にとってはクーラーか最低、扇風機がないと眠れない寝苦しい夜なのだが、今日の訓練がよほど効いたのであろう、金太と俺は死んだように深い眠りに落ちていた。

しかし、その深い眠りから俺を呼び戻したのは生理現象であった。

消灯の前に水を取り過ぎた罰なのか、とにかく俺は小用をするために目がさめてしまった。

同じように消灯前に水をがぶ飲みしていた金太は大丈夫なのだろうか。朝、起きて恥をかかないように一緒に起こしてやろうと思ったが、金太の気持ち良さそうにしている寝顔を見ていると大きなお世話だと、一人で便所に行くことにした。

「ウッ!!」

筋肉痛で顔が歪《ゆが》む。しかし自分の体に鞭《むち》打って俺は勇気を出して起き上がった。腹筋と特に足の股《また》に激痛が走る。普通なら便所まで一～二分というところだがこの痛さでは五時間はかかるように思えた。

そうして俺は他の人を起こさないように静かに教室を出、便所に向かった。

月明かりを頼りに電灯もない暗い廊下を進みながら俺はふと、ある不自然さに気がついた。SF映画などに出てくる主人公達は決まって自分達が置かれた状況にもっと驚き支離滅裂になるものだが、なぜか俺と金太は妙に落ち着いている。確かに初めは度肝を抜かれるくらい驚いた。が、二日もたたないうちに俺達はここの生活に溶け込んでいる。と言うより何か元の生活に戻ったような感じだ。二十一世紀の平成に生きていた俺達の方が嘘《うそ》の世界のように思えてきたのだ。今、一緒の部屋にいるあの六人達ともなぜか親しみを感じる。

そしてこの建物、この景色、この空気。なんだろう、このノスタルジックな気分は。不思議な気分に包まれながら、自分はいつの間にかズボンの前ボタンをはずし便所で用をたしていた。

俺のこの体のどこにこんな水分を溜《た》めるところがあったのだ、と感心するぐらいオシッコは長々と続いた。生理現象からの解放感と、先程までのあのノスタルジックな不思議な気分とがミックスしあい、俺はエクスタシーに近いようなものを感じていた。そして小窓から月を見ながら、そんな自分に酔いしれていた。

そろそろオシッコも打ち止めかなと、目線を満月からズボンの方へ移動した。と、その時、遠くで何か動く影が目に留まった。

「何だろう?」と、もう一度、目線をその影の方へ向けた。


よーく見てみると誰かが運動場の隅で鉄棒をしているのである。

「誰やねん、こんな夜遅くにアホみたいなことをやっているのは」

と、長々とかかった小便を済ませ帰路に就いた。

……しかし、どうしても先程の鉄棒の奴が気になる。

また早く寝ないと明日、寝坊してしまう。そしたらまたあの鬼分隊長に怒られ、今日のようにバカみたいに走らされる。そのためにはここで変な道草をせず、この疲れた体を休ますのが賢明だ……でも気になる。

俺ってこんなに優柔不断な性格だったのか……そういえば、改めて考えてみると俺は昔から優柔不断なところがあったかもしれない。

……あれは確か俺が小学四年の頃だと思うが、夕方近くまで俺と金太は河原でGIジョーごっこをしていた。GIジョーごっこというのは昔、女の子の間でリカちゃん人形というのが流《は》行《や》ったように、男の子の間にもＧＩジョーという人形が流行った。

その人形は戦闘服や迷彩服を着た兵隊さんをファッション化した人形だった。それにちなんで俺と金太が付けた遊びの名前だ。まあ早く言えば泥をお互いかけあう戦争ごっこみたいなものだ。

その日も遅くまで俺達は時間を忘れてＧＩジョーごっこに耽《ふけ》っていた。もう顔も服も泥だらけで、気がついたらあたりはもうすっかり薄暗くなっていた。あわてて俺と金太は帰ろうとした。

特に田舎の夕暮れは暮れるのが非常に早く、一気に淋《さみ》しさと静寂が俺達を襲ってくる。

俺と金太は自然に速足になり、淋しさから逃れるためにも「カラスなぜ鳴くのカラスの……」と二人で大声で歌った。

田んぼでは蛙がせわしく鳴いていたが同じように俺達のおなかもグーグーと鳴き始めた。

俺はもう一分一秒でも早く家に帰ろうとした。

というのは俺の家はいわゆる貧乏子だくさんという環境で、六人兄弟の末っ子。飯時はそれこそ食卓は戦場と化し、弱肉強食という言葉がぴったしあてはまる家庭環境だった。

だから、もし夕食時に遅れたりすれば、むしろライバル達が喜ぶだけで、その日の夕食はライオンが食べ残した残飯を、はげ鷹《たか》がついばむようなものであった。それでも残飯にありつけたらまだましな方で、きれいに骨の髄まで食べられてしまうことの方が多かった。そんな時は諦《あきら》めて翌朝まで待つしかなかった。

だからどんなことがあっても野獣達が獲物に襲い掛かる前に俺《おれ》は帰らなければならないのだ。

その点、金太は下に妹が一人いるだけで、俺んちのようなことはなかった。

だから夕食にありつけなかった時は、よく金太の家に行って夕食をめぐんでもらったもんだ。

俺の足は無意識のうちに速まっていった。その時、金太が、

「兄貴!! あれなんや?」

と、川向こうにある山の中腹を指さした。

俺は足のスピードを緩めない程度に、金太の指さした方向を見てみた。

するとちょうど山の中腹の辺りに何かオレンジ色の炎のようなものがちらちらと光って見えた。

「ねー、兄貴、あれ何?」

俺は立ち止まってもっとその光を見てみたかった。しかし、ここで立ち止まることは今夜の夕食を放棄することである。

「兄貴、もしかしたら火の玉かもしれへんで」

金太は物凄いものでも発見したかのように興奮していた。

「ちゃうで、あんな明るい火の玉があるか? 火の玉はもっと青白いで」

「ほな、あれなんや」

「そんなんわかるか！　もっとよう見てみな」

そう言いながら俺はしっかり立ち止まって、その光る物体を凝視していた。

「あっ!!　兄貴、もしかしたら、隆ちゃんが魚釣りの帰りに変な光るものを見たって言ってた、あれとちゃうか」

そう言えば十日ほど前に彼が学校で、

『夕方近くになって川向こうの山で何かオレンジ色に光るものを見たんや。もしかしたらあれはUFOやったかもしれんな』

と、みんなに自慢げに話をしていたのを思い出した。

学校では一日中その話題でもちきりになり、彼はその日のヒーローだった。

「金太!!　あれは隆ちゃんの言っていた光る物体や」

「ほな、あれがUFOかいな」

「多分な」

「すげー!!　そやけどUFOは、空飛ぶもんとちゃうの」

「あほか、ちょうど今、あの山に着陸しとるんやないか……もしかしたらあの山に宇宙人の基地があるかもしれんで……金太、今からあの山に登るぞ」

「今から？　もう辺りは真っ暗やで。それに兄貴、また飯くわれへんで」

俺は一瞬、迷った。それでなくても腹が減って死にそうなのに、今晩飯がないということは、育ち盛りの俺にとっては死刑を宣告されるようなものだった。

「兄貴、今日はもう遅いから明日もう一度こような、人いっぱいつれて」

「あかん!! 明日じゃUFOがいなくなる。今でないとあかん」

俺はそんなことを言いながら心の中でまだ悩んでいた。

「いいか金太、もしあれがほんまにUFOやったら俺達一気に有名人になれるんやで。学校だけでなく村じゅうのヒーローやで」

「ヒーロー? ほんなら、のりチャンも僕のこと惚《ほ》れ直すかな」

「のりチャンだけではないで、学校じゅうの女がお前のこと尊敬するわ」

「ほんまかいな、それにうまくしたら宇宙人が円盤に乗せてくれるかもしれんな」

「そうやろ、そうと決まったら善は急げや」

そう言って俺達は来た道をまた駆け足で戻りその山を目指した。そして、急な山道を夢中で登って行った。

「明日は学校のヒーローになれるんや」と何度もそう心の中で呟《つぶや》きながら、俺達は興奮しまくっていた。

そして、一時間近くかけてUFOの着陸現場らしき場所の手前にやってきた。

俺達は焦る心を必死で抑えながら、最後の丘陵を駆け登った。

「…………!!」

目に飛び込んで来た、その着陸現場を見て、俺と金太は愕然《がくぜん》とした。

そこに存在していたのは、映画で見るような、グロテスクな宇宙人でも怪物でも何でもなかった……ただ炭で顔が真っ黒に汚れた炭焼き場のおっさんだった。

あのオレンジ色に輝いて見えたUFOは、ただ炭焼きの窯が燃えていただけであったのだ。

俺は思わず、自分の拳《こぶし》が砕けるほど、思いっきり金太の頭をド突きまわした。しかし、その後に俺に襲ってきたものは、拳の痛さでなく、空腹のむなしさであった。

勿論、その夜の晩ご飯にはありつくことはできなかった。

金太もあまりにも遅く帰宅したものだから、バッとして裏の蔵にぶち込まれてしまった。そして、おこぼれを貰《もら》いに行った俺までもぶち込まれてしまった。その夜、二人はお腹の虫を「グーグー」鳴らしながら、暗い蔵の中で一夜を過ごした。

あれから、十数年の月日が経つが、俺のそんな優柔不断なところはまだ直っていなかった。

『三つ子の魂百まで』とはよく言ったものである。

俺の足は自然と運動場の方に向かっていた。

……便所の窓から見えた影は、……米谷だった。

汗まみれになって一人で鉄棒をしていた。

「……こんな夜遅く何やってるんですか？」

突然の訪問者に米谷は驚きの表情をした。

「岸田中尉!!……どうしたんですか、こんな夜中に?」

「どうしたんですかって。こっちの方が聞きたいわ」

「………」

米谷は黙り込み、再び鉄棒を始めた。

しかし途中でバランスを失い鉄棒から落ちてしまった。

「米谷さん、大丈夫?」

と俺は彼の元に駆け寄った。

彼の手のひらはすでに肉刺《まめ》がいくつも潰《つぶ》れ、血で真っ赤に染まっていた。

「すいません、……でも岸田中尉にさん付けで呼ばれるなんて……」

「………?」

「……岸田中尉、笑ってください……自分は飛行機乗りのくせして蹴上《けあ》がりもできないんです」

「蹴上がり?」

「教育隊の時からできなかったのは自分だけなんです。それ以来、いつかはできると練習してきたんですけど……でも、とうとう最後までできなかった……」

そう言って、米谷は砂場に座り込み、精一杯の笑いを見せた。しかしその笑いの中で、彼の目は恨めしそうに鉄棒を見詰めていた。

俺は、そんな彼を見ていて一肌脱ぎたくなってきた。蹴上がりは俺の得意中の得意だったからだ。

子供の頃、近所の柿を盗む時、蹴上がりは短時間で盗むのに持って来いの技だったからだ。そのお陰で俺は一度も、柿泥棒で捕まったことはない。反対に蹴上がりのできなかった金太は九割がた、雷おやじに捕まっていつも泣いていた。

「こんなのコツさえわかれば簡単やで」

と俺は筋肉痛を我慢して、いとも簡単に蹴上がりをして見せた。

「……岸田中尉……」

米谷はもう一度、自分を奮い起こし鉄棒にしがみついた。

しかし、またバランスを崩し、地面に落ちた。

「力ずくでやるからあかんのや。遠心力と反作用を利用するんや……自然にさからったらあかん!!」

俺はいつのまにか怒鳴りながら、もう一度、見本をやって見せた。

「………」

米谷は何も言わずにがむしゃらに何度も何度も試み始めた。

そして何度も何度もバランスを崩し、地面に落ちていった。

あれから何時間が経ったのだろうか。俺は腰を下ろし鉄棒の柱にもたれて、ウトウトと眠りこけていた。

米谷の鉄棒から落ちる「ドサッ、ドサッ」というリズム良い音が、ますます俺を深い眠りの世界へといざなっていった。

そして東の空がうっすらと白み始めた頃、朝冷えの身震いと同時に俺は眠りから覚めた。

「………」

目覚めて驚いたことに米谷はまだ鉄棒にしがみついていた。しかし、またバランスを崩し地面に落ちた。

たかが鉄棒如《ごと》きに、何が彼をここまで駆り立てるのか俺にはわからなかった。

「……ねえ、もう日も昇るし、諦《あきら》めて明日にしたら……」

「………」

米谷は一瞬、怒りの視線を俺に投げ付けた。そしてそのままその怒りの視線を鉄棒に向け、しばらく無言で鉄棒を見詰めた。

そして大きく深呼吸をした次の瞬間、ハイエナが獲物を狙《ねら》うように一挙に鉄棒に飛び付いた。

そして大きく体を前後に揺すり、自然に体が後ろに戻る瞬間、ピョンッと足を大きく上に振り上げた。

……彼の上半身はそのまま、何の抵抗もなしにスーッと鉄棒の上に上がってしまった。

「やった……!!」

と俺は思わず自分のことのように大声を上げた。

「岸田中尉、できました!!……蹴上がりができたんです!!」

米谷は満面の笑顔で喜び叫んだ。

同時に東の空を真っ赤に染め、数千の光を放ちながら朝日が昇り始める。

「岸田中尉見てください、日章旗です……」

彼は鉄棒にしがみついたまま、大粒の涙をこぼしながら朝日を見詰めた。

一人の男が一つの大偉業を成し遂げた充実感と生の喜びを、思いっきり噛《か》みしめているようであった。


それから数時間後、米谷は機上の人となった。エンジン音を轟《とどろ》かせ、そして砂塵《さじん》を巻き上げながら米谷と林と東郷の乗ったゼロ戦は大空へと舞い上がって行った。

二度と帰らぬ飛行になるとも知らないで、俺と金太は、

「頑張って、敵を倒して、無事に戻ってこいよ……」

と叫びながら他《ほか》の隊員達に交じって見送った。

その数時間後である。彼が神風特攻隊であったということを山本から聞いたのは。そして俺達も同じ特攻隊員の一人だったということも。

……昭和二十年八月三日、米谷文雄海軍少尉、沖縄沖にて特攻戦死、二十一歳……。

月が雲に隠れ、辺りは闇《やみ》の世界へと変わって行く。

歩哨《ほしょう》達の目を盗み、この時ばかりと俺と金太は物陰から飛び出して行った。そして運動場を突き抜け林の中に逃げ込んだ。

星明かりだけをたよりに、まるで夜行性の動物になったかのように俺達は無我夢中で走った。途中、木の根や小石等にけつまずき何度もこけながら。

「痛い……!!」と拡声器程の声で叫びたい気分であった。が、グッと自分の声を押し殺しそのまま足を引きずり走り続けた。

『走れメロス』の主人公になったかのように、とにかく走って走りまくった。

それからどのくらい走ったのだろうか、俺と金太は小さな畦道《あぜみち》に出た。ほっとしたのか、それともう限界だったのか、俺達は倒れ込むようにしてその場に寝っころがった。

この地球上の酸素を全て独り占めするように俺と金太は荒い呼吸をした。

「……ハアハアハアッ……ここまでくれば大丈夫だろう」

俺は泉のように噴き出る汗を拭《ふ》きながら言った。

「……でも兄貴、なんでこうまでして逃げなあかんの」

子供みたいな純粋な目をして金太は聞いた。

「お前はアホか!! 意味もわからんと逃げとったんか」

「だって、兄貴が逃げろって言うたから……」

俺は金太のど頭《たま》に回し蹴《げ》りの一発でもいてこましてやろうかと思ったが、起き上がる元気もなく、仰向けのままでいた。

「……ほなにか、俺が肥溜《こえだ》めの中でカレーライスを食えと言ったら食うんか?」

「そんなむちゃなこと言わんといてーな」

金太はつぶらな瞳《ひとみ》で俺を見詰めた。

「それに、その少女漫画に出て来るようなキラキラした目で俺を見詰めるの止めてくれ。いつからそんな技を覚えたんや」

「生まれつきやもん」

「お前の生まれつきはその透《すき》っ歯とバカだけでじゅうぶんや」

「………」

「……とにかく俺達があんな所にいたら、あの米谷さんと同じように殺されるんや」

「何で？」

「何でって俺達も米谷さんと同じ特攻隊員だったからや」

「かっこいい!!」

「かっこいいって、特攻隊の意味わかってんのか」

「知らん」

「……つまりな、神風特攻隊というのは片道燃料でゼロ戦にごっつい爆弾を抱えて、そのまま敵の艦《ふね》に体当りするんやで」

「そんなことしたら、パイロットは死んでしまうやん」

「そう、特攻隊員は百パーセント死ぬんだよ……そのパイロットが米谷さんでもあり俺達だったんや」

「え、じゃ米谷さんはもう帰ってこないの？」

「……今頃、海の藻屑《もくず》となっとるわ」

「ほな僕らも、いつかそうなるの」

「そやからこうして逃げてんねやろ」

「……そうか、やっと逃げてる理由がわかったわ。やっぱ、兄貴の言う通りにやってれば間違いないんやな」

　そう言って、金太はつぶらな瞳で俺を見詰めた。

「……だからそのキラキラした目で俺を見るのは止めろって言ってるやろ!!」

「でも、これからどないするの。いくとこあるの」

「わからん……でもあの死刑場にいるよりましや。とにかく少しでもあそこから離れよ」

俺と金太は重い腰を再び上げようとした、その時、林の暗闇の中から「そこを動くな!!」と言う声がした。

「………!!」

俺達は思わず両手を上げ、ゆっくり声のする方を振り向いた。

そこには一人の兵隊らしき影が銃口をこちらに向け立っていた。

厚い雲に隠れていた月がゆっくり顔を出し始め、それと同時にその男の影は次第に姿を現した。

「………」

山本は小枝を焚火《たきび》の中に放り投げた。

俺と金太はただ黙って赤々と燃える焚火を見詰めていた。

「……とにかく、脱柵《だっさく》したことがばれたら、どういう事態になるか忘れられたのですか?」

怒りに満ちた視線で山本は俺達を見た。

「兄貴、ダッサクって何？」

「アホ、お前は黙っとけ!!　そやけど俺達、稲をかっぱらった覚えはないし……」

「それは、脱穀でしょ、私が言っているのは脱柵。つまり駐屯地から脱走することですよ」

「あーあ、その脱柵……それがどないしたんや」

山本は呆《あき》れ果てていた。

「岸田中尉、しっかりしてくださいよ。その時は軍法会議にかけられ敵前逃亡の罪で銃殺刑ですよ」

「銃殺!!」

俺と金太は思わず驚いて声を揃《そろ》えて答えた。

「ほな、何か。戻っても戻らなくても、俺達は殺されるのか」

「殺されるのではありません、祖国のために命を捧げるのです。岸田中尉がいつも言っておられたことではないですか」

「俺は、岸田やない、田代や!!」

「僕は金太や」

「俺達はホンマに二〇〇一年から来たんや、信じてーな」

「ホンマやで、僕ら正真正銘の売れない漫才師や」

俺は思わず、金太のど頭をド突いた。

「痛い!!」

「売れない？……なんでそこまで正直に言う必要があるんや。黙ってたらわからんことやないか」

「だって、嘘《うそ》はあかんと思ったから」

「こういう嘘はええんや。社会の必要悪なんや。今、俺達が言いたいのは漫才師やということさえつたわれば……」

「とにかく、隊に戻ってください!!」

俺達の話に痺《しび》れを切らした山本が怒鳴ってきた。

「あの墜落事故で岸田中尉達の身体《からだ》に何か異変が起こっていることはわかりました。でも今は日本中が戦争に巻き込まれているんですよ。逃げても、すぐに憲兵に捕まって銃殺です……とにかく今は隊に戻るのが一番、賢明だと思います。貴官達は病気扱いになっていますから、しばらく出撃命令は下りないでしょう」

山本は自分のことのように真剣な目付きで忠告した。

「……でも」

「それがいやなら、銃殺です」

そう言って山本は焚火に土をかけ、そのまま兵舎に向かって歩き出した。

「………」

俺《おれ》と金太はしばらく立ったまま迷っていたが、自分の意に反して、というより無意識の内に俺達の足は兵舎に向かって歩き始めていた。


静かに眠る隊員達、まるで死刑執行日を静かに待っているかのように彼らは安眠していた。

俺も羊を数えながら一千二百三十三匹まできたが、ますます目が冴《さ》えるばかりだ。

確かにこんな状況で眠れという方が無理だ。わけのわからない間に戦時中にきているわ、名前は違っているわ、俺達の顔も以前と違っているわ、特攻隊員になっているわ、これらのことを一つでも考えたら、八千日ぐらいは眠れない日々が続きそうな気がする。

それに加えもっと俺の睡眠を邪魔しているのは、鈴虫の鳴き声と一緒にシクシクと泣いている金太の泣き虫だ。

さすがのアホも時間が経つにつれ、今の自分の立たされている状況がわかってきたらしい。

それにしても、うざったい雑音だ。

「うるさいな、静かにしろよ」

俺は他《ほか》の隊員達を起こさないよう金太に呟《つぶや》いた。

「だって、兄貴、これからどないするの？　もう元の時代には戻られへんの？」

「…………」

「僕、こんな自殺願望症の奴らと一緒にようやっとれんで」

「仕方ないやろ……とにかく、山本が言うように、俺達はもう逃げられへんのや」

「ほな、やっぱり、僕らも特攻に行くの？　死ななあかんの？　僕、まだ女も知らんのやで……」

「そやから、はようにソープにでも行って来いって言ったやろ」

「でも……」

「それに、よう考えてみろや。特攻に行こうにも、どないして飛行機を操縦するんや。車の免許も持っとらん奴が……」

「……そうか」

「それに、確かこの戦争も、もうすぐ日本が負けて終わるはずや。それから解決策を考えても遅くはないやろう」

「成程、さすが兄貴や」

「そやろ」

俺は得意気な顔をして言った。

「で、いつ終わるの？」

「何が」

「この戦争」

「そやから……もうすぐや」

「だから何年の何月何日に終わるの？」

「うるさいな、終わると言えば終わるんや。俺に歴史の質問はするな!!」

そう言って俺は金太の頭を思いっきりド突き、ごまかした。

「とにかくや、それまで下手に手を出すよりは、奴らの言うその岸田、福元になりすましておけばええんや」

「ほんでも、八月十五日は『お笑いスター誕生』の予選日やで。それまでに戻らんと、せっかくつかんだチャンスを……」

「わかっとるわ!! 俺かてどないしたら元の時代に戻れるのか、一生懸命考えてんねやから……とにかく、いつ戻れてもええようにネタだけは完璧《かんぺき》にしておけよ」

「……うん」

それから一分後、あれだけ泣いていた金太はもう何事もなかったように熟睡していた。本当にこいつの神経だけはどうなっているのか、神のみぞ知るである。しかし、そんな俺達の会話を山本は寝たふりをして真剣に聞いていたのである。


真夏の太陽が照りつける中、俺と金太は飛行場から離れた松林の中にいた。そこで俺達は整備班の兵隊達と一緒に、先日の空襲で被弾した戦闘機の整備をやらされていた。

遠くの上空では山田分隊長の指揮の下、特攻隊員達が数少ない戦闘機を利用しての降爆擬襲訓練が行われている。

降爆擬襲訓練というのは特攻攻撃のための独特な訓練であった。地上の標的めがけて高度から急降下するという、いってみれば命と引き換えに、いかにうまく敵の艦《ふね》に体当りするかという狂気じみた訓練である。

今じゃ、トマホークやパトリオットミサイルのように全てコンピューターで制御されたミサイルが、ボタン一つで遠隔操作によって百パーセントに近い確率で標的を破壊してしまう。

そんなハイテク戦争時代のパイロットがこの訓練を耳にしたら、本当にナンセンスな訓練だと思うだろう。

そんな訓練を彼らは本当の意味で、命懸けでやっているのである。

今、上空を飛んでいるのはあの寺川の機である。地上では山田分隊長や山本達が彼の訓練を見守っていた。

高度二千メートル辺りから一気に轟音《ごうおん》を発しながら地上の標的を目指し、寺川の機はダイブしてきた。

まるで地上の獲物を発見して急降下してくる鷹《たか》のように、グングンと猛スピードで地上に迫ってくる。

そして高度計が一千メートルを割った時点で、寺川は思いっきり操縦桿《そうじゅうかん》を起こした。

急激な遠心力で寺川の顔は座席に圧迫された。

標的の真上で、地上すれすれに巨大な腹部を見せながら翼を傾けて飛び去り、再び急上昇していく。

地上では隊員の拍手と喝采《かっさい》が沸き起こった。

俺と金太は口を開けて、ただ呆然《ぼうぜん》と訓練を眺めていた。

「すいません、岸田中尉達に、こんなことをやらせてしまって……」

と、俺達にオイル交換を教えている村瀬一等整備兵が笑顔で言ってきた。

俺達は適当に頷《うなず》き、ながら作業でオイルを入れようとしていた。その時、

「あっ、そこは違いますよ!!」

と、村瀬が大声を出した。

「そんなところにオイルなんか入れたら、大事故になりますよ、気を付けてくださいよ!!」

よく見てみると俺達は燃料タンクにオイルを入れようとしていた。

初めは笑顔でごまかしていたが、あまりにもえらそうに言ってくるので、俺は思わずカッとして、

「うるさいな!! どっちみち、これに乗った奴は死ぬんやから、ちょっとぐらい間違ってもええやろ」

「そうや、米谷さん達を殺すために整備してたの、あんたやろ」

金太も負けじと大声で厭味《いやみ》を放った。

「…………」

村瀬やその周りにいた他《ほか》の整備兵達は目を点にして俺達を見詰めていた。

「止めた、止めた。文句まで言われて人殺しの手伝いなんかしとうないわ」

と作業道具を投げ捨て、その場を去った。そして少し離れた高台に行き、木陰に入って大の字になって寝そべった。

しばらくすると、上空に一機の戦闘機が姿を現した。前川の乗った機である。地上では分隊長達が心配そうな顔をして上空を見上げていた。

二千メートル上空から一気に地上の標的を目がけてダイブしてくる前川。唸《うな》り音をあげて地上に接近してくる。

しかし、高度一千メートル辺りを過ぎても一向に機を上げる気配がない。それどころか益々《ますます》、スピードを上げ地上に接近してくる。

機内の高度計が一千メートルを割る。

前川は、必死で操縦桿を引こうとするが、しかし操縦桿はびくとも動こうとしない。

「…………」

焦る前川。

地上の景色が彼の目の前にどんどん近付いてくる。

「操縦桿を起こせ!!」

と地上で怒鳴りつけている分隊長、そして騒ぎ始める隊員達。

満身の力を込めて操縦桿を引くが、前川の機は地上に吸い込まれるように轟音を立てて錐《きり》もみ状態で落下していく。

「………」

前川は迫ってくる地上を直視し、死を覚悟して、

「天皇陛下万歳!!」

と全身全霊の力を込めて叫んだ。

その瞬間、ガクッという鈍い音と共に操縦桿が正常に機能した。

前川は慌てて力強く操縦桿を引いた。

グォーンという爆音と共に、俺達が寝ていた木陰の上をぎりぎり掠《かす》め、前川の機は上昇して行った。

俺と金太は、鼓膜が破れるような、物凄《ものすご》い爆音と爆風に吹っ飛ばされた。

「バッキャロー、どこ見て運転してんねん!!」

と叫びたかったが、突然の出来事に俺は声の出し方も忘れてしまった程、度肝を抜かれてしまっていた。

一日の課業が終わり、消灯時間までのそれぞれの自由時間を、隊員達は楽しんでいた。

風防（透明な合成樹脂でできたゼロ戦の座席の風除け）の破片を利用して、関戸は鑢《やすり》と剃刀《かみそり》でミニチュアのゼロ戦を作り、山本は心理学などの難しい専門書を読んでいた。彼の私物箱には難解な専門書がぎっしりと並べられていた。

前川は旧式の写真機を大事そうにいじり、寺川は飛行靴を自分の顔が映るぐらい奇麗に磨いていた。そして松島は静かに実家に手紙を書いていた。

そんな中で金太は、ブツブツと独り言を言いながら漫才のネタを覚えていた。その横で、俺は自分の似顔絵を得意げに描いていた。

自慢じゃないけど、俺は子供の頃から体育と絵だけは得意で、いつも写生会では金賞をもらっていたのだ。

俺の似顔絵を関戸が覗《のぞ》きに来た。

「岸田中尉にそんな特技があったなんて驚きですね……そやけどそれは誰の似顔絵ですか?」

「俺に決まっとるやんけ」

彼はじーと似顔絵を見て、首を傾げた。

「あまり似てないように見えますけど……」

「これは兄貴やで、兄貴にそっくりやんか」

隣でネタを覚えていた金太が似顔絵を見て言った。

「そうやろ、これが田代誠の誠の顔や」

そう言って俺《おれ》は枕元に貼《は》ってある『敵空母必中撃沈』と書かれた岸田の遺書の上に自分の似顔絵を貼った。

俺の行動を見て山本や寺川達は愕然《がくぜん》とした。

「岸田、お前……その遺書は……」

寺川が信じられないような眼差《まなざ》しで俺を見詰めた。その時、入り口のドアが開き、村瀬を先頭に数人の整備兵が血相を変えて入ってきた。

「なんや、なんや、貴様らノックもなしに、ここをどこだと……」

「岸田中尉、福元少尉!! 今日の昼間におっしゃったことを、今ここで撤回してください」

関戸の忠告も聞かず、村瀬は顔を硬直させて俺の前にやってきた。

「岸田、彼らに何を言ったんだ」

寺川も、彼らの異様な様子を察して聞いてきた。

「ただ、こいつらが人殺しの手助けをしとるって言っただけや」

「貴様、本気でそんなこと、言ったのか？」

「当り前やんか。お前らの棺桶《かんおけ》もこいつらが整備してるんやで」

「いくら上官でも許せません!!」

そう叫ぶと、村瀬はいきなり俺に向かって突っ掛かってきた。

松島や山本は彼を必死で止めた。

というのは、この時代には下の位の者が上官を殴ると軍法会議で大変な処罰が科せられたらしい。しかし、今の村瀬は逆上して右も左もわからなくなっている。

「あほらしい、どうせ日本は負けるのに」

俺は冷めた視線を村瀬に投げかけた。

突然、「バカ野郎!!」と寺川の拳《こぶし》が俺の顔面にヒットした。

一瞬、俺はふらついて後ろに下がったが、一気に頭に血が上り、即座に寺川の顔面に鉄拳《てっけん》を見舞わしてやった。

寺川も鼻血を噴き出しながら負けじと殴りかかってきた。

さすがの俺も今度は寺川の拳を躱《かわ》したが、その拳が止めに入った前川の顔面にまともに食い込んだ。そして彼は一瞬の内にのびて床に沈んでいった。

「…………」

前川を無視し、俺と寺川は罵声《ばせい》を飛ばし合いながら取っ組み合いを始めた。

その騒ぎに乗じるように整備兵達が加わってきた。

そして、関戸、松島、山本、金太が。さらに騒ぎを聞き付けた隣部屋の朝霞《あさか》、西口らの下士官搭乗員達がわけがわからないまま騒ぎに加勢してきた。そして、教室内はまるで蜂の巣をつついたように大騒ぎになってしまった。

消灯ラッパが夜空に響き渡る中、俺と金太を含め、騒ぎを起した士官や下士官、そして整備兵達は一列になり、正座させられていた。

みなそれぞれに個性的に顔が腫《は》れ上がっている。

そんな俺達を山田分隊長は精神注入棒という何やら物騒な物を持って、鋭い目付きで睨《にら》み付けていた。

「貴様ら、今、祖国が一致団結してこの戦況を乗り越えんとしている時に、うちわもめなんぞしおって、それで鬼畜米英どもを倒せるとでも思っているのか!!」

あらんかぎりの声で分隊長は怒鳴った。

「……士官、下士官共、もう一度、教育隊からやり直せ!! それがいやなら今、ここで俺が貴様らのその腐った根性を叩《たた》き直してやる。腕立て千回!!」

〝千回?〟俺は信じられない顔で分隊長を睨んだ。がそれ以上に熱く鋭い眼光で睨まれ、俺は思わず目を伏せてしまった。

しかし、どんなにがんばっても十五回ぐらいしかできない俺にとって千回なんて天文学的な数字である。そう悩んでいる俺の横で他の隊員達は機敏に腕立ての姿勢に入った。

「………」

俺は決心がつかず、まだ正座の姿勢でいた。そこへいきなり分隊長が精神注入棒で思いっきりケツを叩いた。

「……ウッ!!」

まるで電気が走ったように激痛が俺の体を駆け巡る。叩かれた所は熱く感じられ、ミミズ腫れになっているのが見なくてもわかる程である。

俺はこの時、初めて〝精神注入棒〟という意味がイヤという程、体で理解できた。これが平成の時代なら体罰とか暴力行為とかで、すぐにマスコミに取り上げられ社会問題になるところである。が、しかしこの時代にそんな生温《なまぬる》い思想は通じるようには思えなかった。

俺は泣き泣き、隊員達に交じり腕立てをし始めた。

その時、隣で精神注入棒の叩かれる音がした。

「……ギャー!!」

歯を食いしばって涙を溜《た》めている、金太であった。

一斉に号令を発しながら腕立てをする隊員達。

「いち……にい……さん……」

一晩中、夜空に響き渡る隊員達の掛け声、そして金太の悲鳴。

「……ビエ……!!」

裸電球に群がる小さな虫達。時折、〝カラン、カラン〟と電球に衝突する。

その下で山田分隊長とカーキ色の第三種軍装の太田飛行隊長が、深刻な顔をして向かい合っていた。

「……あの二人はかなりの重症です。このままだと隊員達の士気の低下にもつながりかねません。あの二人を特攻編成から外し、原隊復帰させてはどうでしょうか」

山田分隊長は重い口を開いた。

「……しかし、それでなくても搭乗員不足なこの時期にあの二人の戦力を欠くには……特に岸田中尉はフィリピン戦線では名を轟《とどろ》かせた撃墜王だ」

「それだけに、今のあの岸田が信じられません……」

「なあ、分隊長、もう少し様子を見てみるのはどうかな。この最前線の空気に触れていれば、あの二人なら必ず元の彼らに戻ってくれるはずだ……それに、明日の面会に福元の婚約者がくるって言っていたな。もしかしたらそのことで少しでも回復の兆しが見られるかもしれないぞ」

「……………」

山田分隊長は不安な面持ちで飛行隊長を見詰めていた。

翌朝、俺と金太はあくびをしながら毛布を畳んでいた。

しかし、昨夕《ゆうべ》の腕立てのお陰で腕はパンパンに腫れていて箸《はし》を持つことさえできない状態だ。普段なら一～二分で畳めるところなのに、もう十五分は過ぎている。それにお尻は精神注入棒のお陰で、まともに座ることさえできないのだ。

「兄貴、こんな生活がいつまで続くの。もう耐えられんわ」

「我慢しろよ、命があるだけでも有り難いと思え」

「これなら死んだ方がましや」

「でも、よう考えてみろ。ここは毎日三食ついてるんやで。一日一食ありつけるかつけなかった時よりはましやろ」

「そやけどここには大好きなケンタッキーフライドチキンあらへんやんか」

「この時代にそんなナウい食い物があるはずないやろ。元の時代に戻ったら腐る程、食わしてやるわ」

「ほんまに!!　テリヤキバーガーもつけてくれる？」

「ああ……」

「あれ好きやねん……特にロッテリアのテリヤキバーガーが……」

わけのわからないことをブツブツと言いながら急に金太は元気になった。

しかし俺もいろんな奴と知り合いになったが、やはりこいつ程、単細胞で単純な奴と出会ったことはない。もしこいつの単純さに勝てるとしたらゾウリムシかアメーバぐらいだろ。へたしたら彼らの方がもっと複雑な思想を持っているかもしれない。

金太はこんな時代に紛れこんでしまったことを神様に文句言う前に、人間として生まれてしまったことに文句を言った方がいいのかもしれない。

「福元少尉!!」

山本が駆け込んできた。

「福元少尉、面会所に婚約者の方が来られているぞ。早く行って喜ばせてやれよ」

「婚約者？　誰の」

金太は目を丸くして聞いた。

「だから君の」

「僕、そんなん知らんで」

「そうや、なんで金太に婚約者がいるんだよ。自慢やないけど、金太は女と付き合う程、モテる男やないで」

俺は必死で山本に訴えた。

「兄貴、別にそんなこと、大声で自慢しなくても……」

「だから、金太じゃなく、福元少尉の婚約者ですよ」

「そやから、こいつは福元やなく金太や!!」

「……そんなに、僕は福元っちゅう男に似てんのか?」

「似ているんじゃなく、君が福元自身じゃないか」

「だから僕は金太や!!」

「……そうか、君は婚約者まで忘れたのか」

山本は呆《あき》れて溜息《ためいき》をついた。

「ちょっと待てよ。福元の婚約者ね……」

〝うまくいくと久々に女が抱けるかもしれない、それもタダで〟と、俺の大脳は瞬時に生殖本能へと回路をつなげ、一つのアイデアを金太に提案させた。

「金太、お前、その福元ちゅう男になりすまして、その女と会えよ」

「会えって、そんなムチャ言わんといてーな。名前も顔も知らんのやで」

「そんなもの、適当に合わせればええんや」

「でも僕が福元じゃないってバレたらどないするの」

「こいつらが間違えるぐらいだ、絶対バレへんって」

「……」

山本は不審な顔してこちらを見ている。俺は山本に聞こえないように金太の耳元で囁《ささや》いた。

「この際、その女とやっちまえばええんや」

「やっちまう!?」

突然、大声を上げ金太は驚いた。山本は俺達を睨《にら》みつけた。俺は金太の口を押え、笑顔でごまかしながら金太を部屋の隅に誘導した。

「アホ！　大きな声をだすなよ……お前の童貞を捨てる絶好のチャンスやんか。戦時中のテレクラだと思えばええんや」

「テレクラ?……」

「それに婚約者なんだから、別にエッチしてもええわけやろ」

金太はしばらく思案し、

「……そうやな、どうせ知らん女やし……僕、男になる！」

「さすが、金ちゃん！……その代わり、うまくいったら俺にも回してくれよ」

「まかしとき、この際、周りは知らん奴ばかりやし、恥は旅のかきすてって言うもんね……」

「お、金ちゃん、そんな難しいことわざ、どこで覚えたんや……」

「このぐらいのこと、日本人の常識や」

と金太は満足そうな笑顔で答えた。

俺は金太をおだてる為に話を合わせたが、何か意味が違っているような気がした。が、とにかく善は急げで、スキップをしながら俺達《おれ》は部屋を出て行った。

そんな俺達の後を山本はこっそりとついてきた。

面会所は古い体育館を臨時に使っていた。

俺と金太は、はやる心を抑え面会所の入り口に立って中の様子を窺《うかが》った。

中は久しぶりに会った家族や恋人達の熱気でムンムンしていた。

勿論《もちろん》、部屋の中にはエアコン等という冷房器具なんてありはしない。あるのは窓の外から吹いてくる気まぐれな生暖かい風ぐらいなものである。俺達現代人なら五分ももたない内に脱水状態を起こす程、耐えられないむし暑さだ。

しかし彼らは誰一人、この暑さに不満をもらすことなく、久しぶりの再会に全神経を集中させていた。確かにこの内の何人かはこれで最後の面会になるかも知れないのだから、暑いなんて言っていられないのだろう。

俺と金太も女が食えるか食えないかの瀬戸際に立たされている。この際そんな贅沢《ぜいたく》なことは言っていられない。早速、俺達はその蒸風呂《むしぶろ》の中に足を踏み入れた。ふと、奥を見ると、あの関戸が赤ん坊を抱いている。その横では嬉《うれ》しそうに微笑《ほほえ》んでいる美しい女の人がいた。

〝なんだ厭《いや》らしい、関戸も奥さんがいたのか〟

とスケベー心で彼らをしばらく見ていたら、そんな風に彼らを見ている自分がなんだか惨めに思えてきた。彼の赤ん坊を見詰める優しい視線。

力いっぱい生きて行こうとしている小さな命。そして数日の内に、自らの命を絶たなければならない限られた命。対照的な二つの命を新妻は悟ったような笑顔で見守る。

こんな仲むつまじき親子連れの光景なんて平成の時代にはいたる所で見られた。が、この時代には到底理解しがたい目に見えないドラマが渦巻いているのだ。

まるでメロドラマを見ているかのように俺は瞼《まぶた》の裏が熱くなるのを感じた。

「ねえ、兄貴、婚約者って誰だろ?」

金太は目を白黒させて部屋中を見回していた。

俺も我に返り、涙を払った。

「兄貴、泣いているの?」

金太は俺の顔を見て言った。

「バッキャロー、目にゴミが入っただけだよ」

「かなわんな、そんなに女が抱けるのが嬉しいの……なんか僕、物凄《ものすご》いプレッシャー感じちゃうな」

このアホは全く純情な男心というものがわかっていないようだ。

「兄貴、あの女とちゃうの?」

金太の指さす方を見てみると、二十前後の女性がこっちを向いて何度も頭を下げている。

その女を見た瞬間、〝マブイ〟と言いそうになってしまった。

色白で清純そうな和風な女性だ。

先ほどの純情な男心はどこかに吹っ飛んでしまい、今はただ〝したい〟という男の本能が体中、台風のように渦巻いた。

俺は無意識の内にその女性のいる席の真ん前に座り、その女を〝離すものか〟と狼が兎を狙《ねら》うように睨《にら》んだ。

「兄貴、兄貴……」

金太は俺の耳元で何度も囁《ささや》いた。

「なんや、うるさいな」

「なんやじゃないよ、彼女が怖がってるよ」

ふと、彼女を見ると、まるで異星人に遭遇したような顔で脅えていた。

「兄貴、本能丸出しや。もっとリラックスしないと、まとまる話もまとまらんで」

「そうか……」

俺は性欲で強張《こわば》った顔を徐々に和らげ、爽《さわ》やかな笑顔に移行していった。

金太も俺の横に座り、営業スマイルで彼女を見遣《みや》った。

しかし、向こうは福元のことを知っていても、俺達は彼女のことは何一つ知らない。何から喋《しゃべ》っていいのかわからず、しばらくの間、ただ爽やかな笑顔を彼女の前にさらしているだけであった。

「事故のことは分隊長さんからお聞きしました……あれから連絡がないので、私はてっきりお国のために……」

とうとう、彼女の方から話を切り出した。そして俺の方をチラっと見ると、

「岸田中尉殿もご無事でなによりです」

糸口をつかんだ俺達はほっとしたのもつかの間、さらに彼女は難問をぶつけてきた。

「今度の出撃はいつになるのですか？」

「………」

俺達は返事に困り、顔を見合わせ、

「……ああ、しばらくはないよ」

「もしかしたら、ずーと行かんでもええかもしれんで。なあ、兄貴」

「兄貴？」

彼女は不思議な顔をして聞いた。

俺は金太の頭をはたき、耳元で囁いた。

「アホ、お前は黙っとけ。ここは俺がまとめてやるから」

「でも……」

「お前が話すと、まとまる話もまとまらんやろ」

「何か？……」

と彼女は小さな声で尋ねた。

「いやー、別に何でもないですよ」

「あのー、岸田中尉殿には申し訳ないんですけど、ここは貴志さんと二人だけにしてほしいんですけど……」

彼女は申し訳なさそうに、俺と目を合わせず、うつむいていた。

「タカシ？」

「タカシって誰？」

金太は他人事《ひとごと》のように彼女に聞いた。

「……ご自分の名前も忘れたのですか？」

「僕の名前は金太やで……」

「金太!?」

「あんたの名前は？」

「……千穂《ちほ》ですけど」

彼女は狐につままれたような顔をして、金太を見詰めた。

本当にバカ正直というか、機転が利かないというか、今の金太の一言で全てが水の泡となった。これでまた女から遠ざかる日々が続くのかと、俺は天国から地獄に落とされたような気持ちになった。その時、

「やはり、分隊長さんのおっしゃっていた事は本当だったのですね」

「………？」

「墜落時の衝撃で、お二人とも重い記憶喪失にかかってしまったという話は……」

俺は地獄の底で微《かす》かな希望の光を見たような気がした。

「……そうですか、私達の病気のことは、もうあなたの耳にも入っていましたか」

俺はわざと暗い表情で言った。

「残念ながら、分隊長の言われたことは事実なんです。あの事故以来、過去の記憶は全部、私達の頭から消えてしまって。本当はこいつ一人で来させたかったんですけど、どうしても不安だと言うもんだから。なあ、福元君」

「……はい、岸田さん」

「あなたにいらぬ心配をかけさせたくはなかったんです……でも、大丈夫です。あなたを見れば、こいつも何かを思い出してくるでしょう。なんだか私もあなたを見ていて、過去を思い出してきたような気がするな……どうでしょう、もっと記憶を回復させる為に今晩、三人でどこかに一緒に外泊するというのは」

「あ、それはいい考えだね、岸田さん」

「そうでしょ、福元君」

俺と金太は満面の笑顔で顔を見合わせた。

「……でも、今は病気の身だから二人とも外出はできないと、分隊長さんからお聞きしましたけど……」

「………!!」

目の前に差していた微かな希望の光は一気に消えた。

「でも、いいんです。あの出撃で、本当はいないはずの貴志さんを今、こうして元気な姿で見られるだけでも、私は幸せです……たとえ、貴志さんが私の事を覚えていなくても」

彼女は溢《あふ》れる涙を必死で堪《こら》え、つとめて笑顔で金太の顔を見詰めていた。

「………」

俺と金太は、罪悪感というか何か胸にものがつかえたまま面会所から出てきた。

「………」

「残念やったな、兄貴」

「ああ、そやけどまたきてくれるて言うてたんやろ」

「ん、近い内に」

「彼女の名前、千穂さんって言うてたな……でも、あんな可愛《かわい》い婚約者をおいて、本物の福元はどこにいっちまったんやろうな」

「そや、それにどうしてその福元という男と僕が入れ替ってしもうたんや……彼女、なんの疑いもなく僕のこと、福元と思うてたな」

「そうやな、そんなに金太がその男に似てるんかな。ということは俺《おれ》もその岸田という男にそっくりなんやろうな」

「ほんまに、わからんようになったわ……一体、僕らになにが起こったんや……」

俺と金太は、その答えを出すために無言で歩き熟考し続けた。

しかし答えは出るはずもなかった。

「岸田中尉！」

と、熟考の境地に入っている俺達を呼び止める者がいた。

ふと振り返ると真剣な顔をして俺達を見詰めている山本が立っていた。

「……失礼とは思いながら、貴方達の面会所での行動の一部始終を見させてもらいました」

「なんや、見てたんかいな」

「エヘヘ、ナンパは大失敗や、せっかくええ女、紹介してくれたのに」

「ナンパ？」

「まあ、次回にお楽しみは持ち越しや……」

俺と金太は本当に心底、残念そうに言った。

「……本当に貴方達は田代さんと金太さんなんですね……」

「……？」

なにをこいつは当り前の事を言うてんねん。

「もう一度、貴方達の話を聞きたいんですけど……」

山本は真顔で言った。

灼熱《しゃくねつ》の太陽が照りつける中、山本を含めた俺達三人は偽装したゼロ戦の翼でできた日陰の中で、ここまできたいきさつを詳しく話していた。

「……というわけで気付いたら、なんや知らんがこの顔で、この時代にきていたというわけや」

「ほんまやで、嘘《うそ》とちゃうで」

「それじゃ、本当に貴方達は二〇〇一年からきたというわけですね」

本当に疑い深い奴だ。しかしよく考えてみると信じろと言うほうが無理なのかも知れないな。

俺達の時代には、もう戦争も空襲も爆弾もなーんもなかった……爆弾？

俺はふと名案がひらめいた。

「なあ、広島に原爆はもう落ちたんか？」

「げんばく」

山本は不思議そうな顔で聞いてきた。

「そや、原子爆弾や!!　あれはいつだったかは忘れたけど、終戦間近に広島に原爆が落ちるはずや」

「あ、子供の頃、死んだおじいちゃんがよう言うてたわ。きのこ雲のごっつい爆弾やったって」

「きのこ雲?」

「そや、一発の爆弾で何十万人の人間が一度に死んだんや……確かピカドンとか昔の人は呼んでたな」

「ピカドン?」

「それから、数日後に鳥取でもその爆弾が落ちたんや。鳥取なんか一瞬にして砂丘になってしもうたんやで」

「鳥取砂丘は今でもありますけど」

「あれ?　今でもあるの」

「兄貴、長崎や」

「……あ、そや、カステラで有名な長崎や!!……とにかく、その日になれば、俺達が嘘を言っているかどうかわかるはずや。同時に俺達が未来からきたということも、それで証明できるはずや」

彼には貞雄という一人息子がいて、早くから妻を病気でなくした磯吉はその一人息子を自分の目に入れても痛くないくらい大事に育て、そして大学まで出したのです。しかし貞雄は漁師の道を継がず、漁村にある小さな小学校の教諭の道を選んだのです。そのことに関して磯吉は何も反対はしませんでした。

そしてそこで知りあった女性教師と貞雄は結婚し、これから親孝行をしようという時に磯吉はシケの海に漁に行ったきり帰らぬ人となったのです。

しかし彼が漁に出る前夜、まるで自分の運命をわかっていたかのように貞雄夫婦を呼び、こう言ったのです。

『自分はもう若くはない、いつ死ぬかもしれない。だから俺が死んだら必ずお前達の子供として生まれ変わってくるよ』って。結局それが本当に磯吉の貞雄への遺言になってしまいました。

それから二年後、貞雄達の間にめでたく男の子供が生まれました。

彼らはその子供に大地のようにたくましく育って欲しいという願いを託し『大地《だいち》』という名前をつけました。

そしてその子供が大きくなり片言を喋るようになった時、信じられないような出来事が起きました。

その子供は自分のことを『磯吉』と呼ぶようになったのです。

初めは両親も驚きましたが、あまりにもしつこく言うものだから『あなたの名前は磯吉じゃ

なく大地だ』と言い聞かせたんです。しかし、

『僕の名前は磯吉だよ。覚えていないのかい。必ず僕はお前達の子供として生まれ変わるって約束したことを……』

　両親はその言葉を聞いて愕然《がくぜん》としました。それ以来、何度言い聞かせても彼は自分のことを『磯吉』と言ってきかなかったのです。

　彼は外で遊べるような年になっても近所の子供達と遊ばず、暇さえあれば漁場に行き、知るはずもない網の縫い方を子供とは思えない程の器用な手付きで縫ったりしました。

　さらに、漁船に乗ってエンジンをかけてしまったり、素人では絶対にわからないような漁師の専門用語等をしゃべったりしたのです。

　余りにも気味が悪くなった両親は、東京の有名な精神科医にその子供を診せたのですが、その原因は全くわかりませんでした。

　しかし彼が五歳を過ぎると、次第に漁場にも興味をもたなくなり、近所の子供達と一緒に年相応の遊びをするようになったのです。

　そして小学校に上がる頃には全く磯吉としての自分を忘れ、さらに自分のことを磯吉と呼んでいたことさえ全く記憶になく、以後、彼はごく普通の子供として成長していったんです。

　この話を信じるも信じないも貴方達次第だが、作り話でないことは確かだ。実際に自分もその精神科医に会って話を聞いたのです」

「なんや怪談話みたいな話やな……まあその話がホンマか嘘かしらんけど、その話と俺達とどういう関係があるんや」

「そや、僕らは漫才師や。漁師とちゃうで」

「誰もそんなことは言っていないですよ……ただ何かそこに答えがあるような気がしたものですから」

「答えって？」

「貴方達がその……大型トラックと衝突した瞬間というのはどういう感じだったのですか？」

「どういう感じって……」

「痛かったな、兄貴」

当り前やんけ、と俺は金太に言いかけたが、よーく考えてみるとぶつかる瞬間はムチャ恐ろしかったけど、実際、衝突の瞬間は何も痛さは感じなかった。

「……とにかく気付いたら俺は自分の体を抜け出し、トラックに轢《ひ》かれた自分達を真上から見ていたな」

「真上から？」

「そう、それからしばらくして、物凄《ものすご》い光の洪水が俺を包んだと思ったら、自分の体が吸い込まれるように空に昇って行ったんや。そして何かトンネルのようなところに入って行ったと思ったら一瞬か長い時間だったかは忘れたけど、まるで映画のフィルムを逆回転したように自分の今まで生きてきた映像がトンネルに映し出されたんや。

それからしばらくしたら、また光の洪水が俺を包み……それからは覚えていないな。後は気付いたらこの時代にいたというわけや」

「兄貴、僕もほとんど一緒や」

「トンネルのような所か……確かに今まで自分が調査した臨死体験談と酷似した点が幾つかあるな……それで何か川とか花園のような風景は見なかったですか？」

「川とか花園？……見なかったな。……金太、お前は？」

「全然」

「そうか……」

山本はまるで数学者が難問を解くように地面を見つめたまま黙り込んでしまった。俺と金太はその沈黙に数時間つきあったが、結局、それから何も進展はしなかった。

ただ本当に暑い午後だった。

その夜、山本はまるで何かにとりつかれたように一人で自習室にこもり難しい文献と睨《にら》めっこをしていた。

外では今日の終わりを告げる消灯ラッパが鳴り響いている。

特攻隊員達はこのラッパを聞いて、改めて今日生きていた確認をするのである。

微風もない寝苦しい熱帯夜。俺は一人、目を開け、弾痕《だんこん》で穴が開いた破れ天井から朧月夜《おぼろ》を眺めていた。

「……りんねか」

と俺は昼間の山本の話を思い出しながら一人呟いていた。

そして破れ天井から漏れてくる月光が照らす枕元《まくらもと》の似顔絵を改めて見てみた。

「………」

気のせいか田代誠の顔が段々他人の顔のように思えてきた。

しばらく複雑な気持ちで似顔絵を見ていたら、スーッと暗闇《くらやみ》に襲われ見えなくなってしまった。

ふと上を見てみると、破れ天井から見えていた朧月が黒い雲に覆われ始めた。

「………」

と、突然、物凄い雷が大空に響き渡ったかと思うと、天井を猛烈に叩きながら大雨が降りだした。そして、天井の無数の穴からシャワーのような雨水が漏れ始めた。

空襲警報が鳴ったかのように一斉に深い眠りから跳び起きる寺川や関戸達。

一瞬にして舎内も毛布も水浸しだ。

容赦なく無数の天井の穴を目がけ降って来る大粒の雨。

寺川は必死で天井の穴をふさぎ、関戸や松島達はあちらこちらに空バケツや飯盒《はんごう》を置いた。一斉に〝カランカラン〟と鳴り出す空バケツのオーケストラ。

俺《おれ》と金太はびしょ濡《ぬ》れになりながら毛布を抱え、それでもできるだけ雨の漏らない壁際に張り付いたまま「あそこや、ここや」と雨漏りの箇所を大声で指示していた。

とにかく舎内は文字通りバケツをひっくり返したような騒ぎである。

そんな中で一人、びしょ濡れの毛布にくるまり高いびきをかきながら気持ちよさそうに寝ていたのは、マイペースの前川であった。


昨夜の大雨が嘘《うそ》のように真っ青に晴れ上がった空。

夏の日射しが強く照りつける。そんな中で隊員達は今日もまた、より効率的な死に方をするための訓練に励んでいる。

円陣を組んで山田分隊長から訓練の説明を真剣な眼差《まなざ》しで聞いている搭乗員達。もうこの部隊には熟練のパイロットはほとんどいないらしい。

だから飛行時間が短い者でもどんどん戦場にかりだされていくのである。

簡単にいえば、教習所で仮免をもらった奴がいきなり高速道路を走るようなものだ。

ましてや燃料はほとんど底をつきはじめ、飛行訓練はできなくなっている。

そんな奴らがあんなに激しい艦砲射撃の中、敵艦隊に体当りできるなんて針の穴をくぐるようなものだ。たとえ体当りできたとしても資源の豊富なアメリカ軍は後から後から最新の軍艦や戦闘機を大量に生産してくる。

誰が見ても、もう日本が負けるというのは明白だ。

それでも彼らは日本の勝利を信じて命を投げ捨てている。俺達現代人からみたら本当に理解しがたく、ばかげたことである。

そんなことを思いながら俺と金太は、遠く離れた滑走路の端に駐機している二人乗りのゼロ戦の中にいた。そして、くそ暑い機内で漫才のネタ合わせをしながら油と汗まみれになって掃除をしていた。

突然、金太は漫才を止め、

「……なあ兄貴、僕、ちゃんとしたスポットライトを浴びたいで。それにクーラーの利いたベッドで寝たいわ」

そう言いながら彼は外に出た。そして、見よう見真似で覚えたイナーシャ（発動機伝導部）を意味もなく、いじり始めた。

「もうしばらくの我慢だ、その内、何かいい考えが思いつくよ」

金太を元気づける為に気休めに言ったが、本当は俺も、もう限界に達していた。何とかこの現状を脱するいい方法はないものかと、計器類を布で拭《ふ》きながら考えていた。

その時、どこをいじったか俺は偶然にもスターターボタンを押してしまった。すると突然、鈍い震動と共に、発動機が作動し、プロペラが音をたてて回り始めた。

「…………!!」

俺は驚き、必死でエンジンを止めようとしたが、操作がわかるはずはなく、半ばパニック状態になりながら手当り次第に種々の計器類をいじった。

しかし、その狭い空間、油くささ、そして体が震えるようなエンジン音と振動を感じて行く内に何か不思議な気分に包まれていった。

まるで催眠術に掛けられたように体の力が抜けていき、意識が薄らいで行くのがわかった。

そして他人が俺の体の中に潜入したように、勝手に俺の手足が動き始めた。

「兄貴、エンジンを止めてよ!!」

と、金太は驚いて、再び後部座席に飛び込んできた。

しかしエンジンを止めようと思えば思う程、俺の意志とは反対に俺の体は勝手に動き、なぜかスロットルレバーを握っていた。そして、思いっきりそれを前方に倒した。

エンジンが全開し爆音が高鳴り、俺の耳を益々《ますます》刺激する。

もう俺が俺でなくなり勝手に体が動く。操縦桿《そうじゅうかん》を握り前進させてしまった。

「兄貴、何してんねんな、前に動いているで!!」

ゼロ戦は砂塵《さじん》を上げどんどんスピードを上げて行く。

「兄貴、止めて、止めてー!!」

金太は必死で叫ぶ。

しかしもう金太の声は聞こえていなかった。

益々スピードを上げていく俺達の乗ったゼロ戦は、円陣を組んで作戦の打ち合わせをしている隊員達を目がけ突進して行く。

山田分隊長や山本達隊員は、最初は何事が起きたかと、向かってくるゼロ戦を傍観していたが、俺達の乗った機が目の前まで突進してくるのを見て、ただならぬ事態が起きている事に気付いたようだ。

「退避!!」

と山田分隊長が叫んだ。

一斉に隊員達は四方八方に飛び散り地面に伏せた。

そのぎりぎりそばを、俺達の乗ったゼロ戦は爆音を轟《とどろ》かせ猛スピードで通過して行く。

「兄貴、どないしたんや？　止めて」

前方に指揮所が近付いてくる。

「あ、ぶつかるで、兄貴、兄貴!!」

金太は後部座席から必死で手を伸ばし、前部座席にいる俺の肩を摑《つか》んだ。そして思いっきり俺を揺らし叫んだ。

「兄貴、兄貴、兄貴……!!」

俺はその声に呼び戻された。まるで深い眠りからいきなり起こされたように、目が覚めた。

最初は何が何だかわからなかった。

「………」

「何や？　これは何や!?」

驀進《ばくしん》するゼロ戦に乗った俺、そして目の前に迫ってきている指揮所。

数秒後には衝突することぐらいは、容易に理解できた。

「兄貴、ぶつかる……!!」

「ああああああ……」

俺と金太は数秒後の運命に身をまかすように目を閉じた。

その瞬間、俺は無意識の内に操縦桿を力強く引いた。

ウォ――――ンという爆音を発して指揮所の屋根の上をすれすれに飛ぶゼロ戦。爆風で吹っ飛ぶ窓ガラスと屋根瓦《がわら》。

あっけにとられている山本や寺川達。

地面に伏せたまま愕然《がくぜん》とした顔の山田分隊長。

ゼロ戦の急激な上昇力で俺達は座席に圧迫された。

それから数秒後、恐る恐る閉じた瞼《まぶた》をゆっくり開いた。

眼前に広がる景色は俺と金太を驚かせた。

「…………!!」

眩《まばゆ》いばかりに輝く太陽の光線と真っ青に透き通った蒼天《そうてん》が眼前に広がっている。

「飛んだー！」

あらゆる経験を超越した驚きが俺達の体を駆け巡った。

〝空を飛んでいる、それも俺の操縦で〟

翼下には沿岸の滑走路、丘陵、散在した家屋が小さくおもちゃのように広がり、その前方には金波、銀波を静かにたてている真っ青な海原が広がっていた。

「兄貴、凄いで、飛んでるんや!!　飛行機、操縦できるんや」

操縦できるというより、体が勝手に動く。

俺は慣れた手つきで、操縦桿を握り、上昇飛行から水平飛行へと移った。

猛烈なスピードで風を切る翼、純白の雲海を目の前にして大空の雄大さに歓喜の吐息を漏らした。

心の奥底に何か熱く込み上げて来るものを感じる。

一体何だろう、この燃えたぎるものは。

俺は後部座席の金太を一瞥《いちべつ》した。金太も同じような感情をかみしめたような表情をしている。

「ようし金太！　攻撃用意!!」

「攻撃用意!!」

「右前方、ゴジラとモスラ発見!!　撃てー」

「撃てー、バッバッバッバッバッバッバッバーン」

発射把柄を握り空撃ちしまくった。

操縦桿を自由自在に操作する。空中回転、錐《きり》もみ、逆さ飛行等。

途中、後部座席にある補助操縦桿で金太に操縦させてみる。

驚いたことに自転車もろくに乗れない奴が見事にゼロ戦を操り、大空を駆け巡る。一体俺達に何が起きたのだろう。しかし今はそんなことも忘れ、俺達二人は我が物顔で大空を駆け巡った。

いつまでもいつまでも大空の美しさに酔いしれながら。


隊員達が見守る中、俺は着陸体勢に入った。

銀翼を真夏の太陽に輝かせ腹部からゆっくり脚を出した。

一瞬、横風に機体が揺れる。

「………!!」

隊員達と山田分隊長は生唾《なまつば》を飲んで見守った。

しかしなぜか俺は落ち着いていた。すぐに着陸体勢に戻った。今度は横風も計算して操縦桿を握っている。どうしてここまで冷静でいられるのか俺にもわからなかった。舞台に立った時もこれだけ冷静でいられたらどんなにいいか。そんな事を思いながら俺は操縦を続けた。

滑走路が目の前に近付く。ちょっとした角度の違いで機は大地と仲良く衝突してしまう。

金太も緊張して俺を見守る。

俺は余裕の笑顔さえ浮かべていた。

冷汗ひとつでない、操縦桿を握っている手が勝手に動く。微妙な動き、角度、スピードを計算して。そして俺の機は砂塵を巻き上げながら完璧《かんぺき》な着地を披露した。

ゼロ戦は加速を緩め滑走路の端に止まった。

風防を開け、颯爽《さっそう》と機内から出ると、俺と金太は爽快な笑みを浮かべ隊員達にVサインを送った。

「…………」

山田分隊長はあっけに取られ言葉もでなかった。

目を輝かせながら俺達を見詰めていた山本は、ゆっくりと拍手をしはじめた。

そして関戸、松島、前川と一つの拍手が二つ、三つ、四つと……。

最後には寺川を除く全員が力強い拍手喝采《かっさい》を俺達に送った。

俺と金太はまるでリンドバーグにでもなったかのように、彼らの喝采にピースサインで陽気に応《こた》えた。


空と海を真っ赤に染めた夕日を背に、防波堤の上で今日の余韻をかみしめるように俺と金太は両手を広げ飛行機ごっこをしていた。

「敵機、発見、敵機、発見!! ダッダッダッダッダッダッー」

「ウィーン、バッバッバッー」

不思議な気持ちに包まれながらまるで子供に戻ったように、夕飯のことも忘れ、いつまでも遊びに没頭した。

いつまでも、いつまでも……。


一日の課業が終わり、士官と下士官の搭乗員が一緒になって酒を飲んでいる。

普通、軍隊では士官と下士官が席を同じくして酒を酌《く》み交わすということは希なことであるが、ここでは搭乗員が少なくなっているせいか、階級の壁を越え、みんなが楽しんで飲んでいる。

彼らを待っているものはただ死のみなのに。

しかし誰もそのことを口にしようとはしない、というより来るべき自分の運命を一秒でも忘れていたいのであろう。

酔っ払ってフンドシ一枚になって裸踊りをしている陽気な関戸。手を叩《たた》きあって笑って楽しんでいる前川や他の搭乗員達。そんな屈託のない笑顔が部屋中に満ち溢《あふ》れていた。

下士官達のもっぱらの話題は俺達の飛行のことであった。

「……今日のあの二人の飛行は完全に元の二人の姿だな」

朝霞上飛曹は小声で言った。

「じゃあ、岸田中尉達の病状は完治しているというのに、まだ病気のふりをしているというのですか」

と西口一飛曹が彼の飯盒《はんごう》の蓋《ふた》に酒を注いだ。

朝霞は注がれた酒を一気に飲み、

「あの飛行を見る限りではな」

「しかし、あの二人に限ってそんな猿芝居をなさるなんて信じられません」

「病人があんな見事な着陸ができるか。あのような素晴《すば》らしい着陸ができる搭乗員なんて今、この部隊には誰一人いないよ」

「………」

朝霞はつい力が入って、声が大きくなってしまった。

「……………」

彼らの会話を寺川は静かに聞いていた。

隊員達のドンチャン騒ぎの声が遠く離れた集会場から聞こえてくる。そんな騒ぎを無視するかのように、俺と金太は山本を囲んで興奮して話していた。

「……僕も操縦ができたんや。びっくりしたでー、なんか体が勝手に動くような感じなんだ」

「本当、空飛ぶって最高だよな」

「……でも、なんでまた急に飛行機なんか操縦できたのかな。自転車もろくに乗れないのに」

「それに実際、空を飛んだ時は驚きというより、なんか懐かしいという感じがしたんだよな」

「懐かしい感じ?」

山本は意味ありげに聞き直した。

その時、突然、ドアが開いた。そして酔っ払った関戸が真剣な表情で入ってきた。

「飛行隊長より伝令を言い渡す。岸田中尉、福元少尉、以上二名の者、明日早朝、沖縄に向け、特攻出撃を命ずるとのこと!!」

「…………!!」

俺と金太は一瞬、顔面が蒼白《そうはく》になった。

俺達の顔を見て関戸が急に笑い出した。

「すいません。嘘《うそ》の伝令をしてしまいました。何かしりませんけど飛行隊長がお二人をお呼びということです」

「…………」

冗談きついわー、とひと安心したが、しかし飛行隊長みずから何の用だろう。考えただけでまた厭《いや》な不安が俺の脳裏を掠《かす》めた。


数分後。

俺と金太の二人は飛行隊長室で必死に抗議をしていた。途中で血管が切れるかと思った程だ。

部屋にいた太田飛行隊長と山田分隊長は、開いた口がふさがらなかった。

「……だから、飛べたのは偶然って言っとるやろ!!」

俺は唾《つば》を飛ばしながら大声で叫び、

「そうだよ、だからと言ってなんで僕らが特攻にいかなあかんのや」

金太も負けじと唾を飛ばし反抗した。

「あんたらも、ようそんなこと簡単に言えるな。人に死ね死ねって、そんなに死にたかったらあんたらが先に死ねばいいんだよ。そうだよ！　あんたらに良心はないんか」

「兄貴の言うとおりだ。うちのおかんもよう言うとった、人に迷惑かけたらあかんって」

黙って聞いていた山田分隊長は、堪忍袋の緒が切れたのか、

「貴様ら、誰に向かって口をきいているのかわかっているのか!!……表に出ろ、その腐った根性を叩き直してやる!!」

と、まるで赤鬼のように真っ赤に顔を硬直させ、激しく唾を飛ばした。

「分隊長、やめたまえ……この件に関してはもうしばらく様子をみようじゃないか」

机に飛び散った唾をハンカチで拭《ふ》きながら飛行隊長は分隊長を制した。

「………」

興奮しながらも分隊長は一歩下がった。

「さすが、そこのおっちゃん、なんかしらんけど偉いだけあってようわかっとる」

「おっちゃん？」

シリアスな表情をしていた飛行隊長の顔が一気に崩れ、愕然《がくぜん》とした表情に一変した。

「ほな、もう俺達に用はないな、またなー！」

俺達は愛想笑顔を残し、隊長室をさっさと後にした。

太田飛行隊長は山田分隊長と目を合わせ黙って首を横にふった。

「………」

しかしこの後に彼らは、俺達の身代わりとなる搭乗員を選出せねばならなかった。

案の定、翌朝、その死刑宣告は行われた。

指揮所前に隊員達は緊張の面持ちで整列していた。

号令台に厳粛な表情で山田分隊長は立った。そして明日の特攻出撃の搭乗割りを静かに読み上げた。

そして三名の名前が告げられた。

一直線上に並ぶ搭乗員達の足元から外れ、一歩前に出る三人の足元。

関戸、前川、朝霞の顔……。

前川は真っ白なマフラーを巻き、洗いたての飛行服姿で直立不動の姿勢で立っていた。

ボワッという鈍い音と光が彼を包む。

前川の愛用の写真機で山本は彼の勇姿の写真を撮っていた。

寺川と松島はそんな彼を笑顔で眺めていた。

「この写真を必ず家族に送ってくれよ。治彦は笑顔で敵艦に突っ込んで行ったと伝えておいてくれ」

前川は満面に無邪気な笑顔を浮かべた。

覚悟ができていたのか、それともこれからじわじわと襲ってくるのか。彼のその笑顔の中には死に対する恐怖は全く見られなかった。

同じように笑顔で前川を見ていた関戸もスーッと素顔に戻り、部屋から出て行こうとした。

「関戸中尉、どこに行かれるのですか。これから私達の出撃を祝ってみんなが祝宴を用意しているとのことですよ」

「俺はいいよ、貴様達だけで楽しんでくれよ……」

「何か用事でもあるのですか?」

「女房が実家の人吉《ひとよし》に滞在していてな。だから近くの旅館に出てこいって電報を打っておいたんだ。そろそろ汽車が駅に着くころだから、迎えにいかなくてはな……どうしても最後にせがれの顔が見たくなってな……」

「せがれだけですか?」

前川の屈託のない質問に、みんなは一斉に笑い合った。

そんな純粋な彼らの一人一人の笑顔。

前川や関戸にとっては皆と一緒に笑う最後のひとときであった。

「……関戸さん達、僕らの代わりに行くのかな」

俺と金太は堤防に座りながら海を見詰めていた。

「関係ないよ、俺らは俺らや……俺達はな、生きて元の時代に帰る事だけ考えておけばいいんだよ」

俺は必死で自己弁護をしていた。

「でも……」

「でももくそもあるか。俺達は元々、この時代にはいなかったんだからな。あいつらが俺達の代わりに行こうが行くまいが、彼らは死ぬ運命にあったんだよ」

「……そうだよね。僕達、元々この時代にはいなかったんだよね」

俺達は自分達の正当性を自分達に言い聞かせた。

「でも兄貴、どうして山本さん達は断らないのかな……死ぬのはいやだと言えばいいのに」

「戦争が人間を変えてしまうんだろ。平和な時代に生まれた俺達にはわからんよ」

「でも、いつも戦争のせいにしているけど、戦争を起している張本人は人間自身なんだろ。それを考えると人間ってよっぽどアホなんだね」

「…………」

アホな金太がめずらしくええこと言いやがった。

「僕なら絶対、死んでも戦争なんかに行かんのにな」

「そうやな……でも、死んだら人間は終わりやで」

俺は軽く笑いながら冗談を言った。しかし、なぜか自分達で言ったその言葉がお互いの心に強く響いた。

俺は今の笑顔を無理に保ちながら、黙って海を見詰めた。

青く透き通った海。

海からやけに爽《さわ》やかな潮風が吹いて来る。

まるで俺達にあてつけるように。


特別外出を許された関戸は、古ぼけた小さな旅館で最後の家族団欒《だんらん》を楽しんでいた。この時代にはしゃれたシティホテルも食事もない。

彼は部隊から牛肉の缶詰と黄色くなった白色米の缶詰を持参した。それでも食糧不足のこの時代には御馳走《ごちそう》なのである。

幸せそうな笑顔で淑《しと》やかに食事する妻の瑞枝《みずえ》に、彼はまだ明日の出撃の事は話してはいなかった。

もちろん彼女も、愛する夫が特攻隊員として、いつ死んでもと覚悟はできているはずであるが、彼はなかなか口にだせなかった。

関戸は一気飲みするように盃《さかずき》の酒を飲み干した。

瑞枝はそんな彼を哀しげな眼差《まなざ》しで見詰めた。

「…………」

そして二人はじっと見詰め合った。

そっと口づけを交わし、油に火がついたように二人は激しく求め合った。

その隣で赤ん坊は、小さな寝息をたてながら静かに眠っていた。

夜も更け、月が西に傾く頃、関戸は旅館を出て来る。

「停留所まで送っていきます」

「ええって、今日はここで。もう夜も遅いし」

と関戸は努めて明るく満面の笑顔で答えた。

「そうですか……今度は私の方から面会にいきます」

彼は黙って笑顔で頷《うなず》き、そのまま踵《きびす》を返し、背を向け帰っていく。

二度と振り向く事のないその大きな背中。

瑞枝はいつまでも手を振って見送っていた。

一瞬、見せる彼女の淋しげな横顔が、数時間後に迎える夫の運命を予感しているかのようである。

そして彼女の背では、何も知らない赤ん坊が無邪気な笑顔を浮かべていた。

血書の鉢巻を頭に巻いて、関戸、前川、朝霞は、それぞれの愛機に乗り込んだ。三機のエンジン音が蒼天《そうてん》に轟々《ごうごう》と轟《とどろ》き渡る。

一番機、二番機、三番機と次々とチョークが払われる。

残留隊員達は手がちぎれんばかりに訣別《けつべつ》の帽子を振る。そしてその後ろで俺と金太は何をすることもなく、複雑な思いで彼らを見送っていた。

列線に着き、まさに進発《しんぱつ》せんとした時、あの異様で胃がえぐられるような敵機来襲をつげる空襲警報が空高く響き渡った。

山の向こうを見るとグラマンF6Fヘルキャットの機影が点々と見えてきた。ゴォーという唸《うな》り音を発し、あっという間に俺達の頭上近くに迫りくる編隊。逃げる間もなく単縦陣の降爆隊形でグラマン五機が、急降下し銃爆撃を浴びせてきた。

隊員達は一斉に四方八方に散らばり地面に伏せた。

対処の仕方がわからず、ボーッとしている俺と金太の目の前にバリッバリッバリッとグラマンの機銃掃射が撃ち込まれた。一直線に一気に土煙が上がった。

機銃の土煙で体中土埃《つちぼこり》を浴びながら俺達二人は本能的に土山の陰に横飛びに伏せた。そして、パニック状態に陥りながらも無我夢中で頭を両手で覆った。

次々とダイブして反復銃撃してくるグラマン。その焦点はまさに離陸体勢に入っている関戸達の三機のゼロ戦に向けられた。

突然の奇襲で味方の援護射撃もなく、ゼロ戦達は為すべもなく敵機銃弾にさらされた。

カンカンカンと瞬時に数発被弾した前川の機のエンジンから火が噴き始める。

「………!!」

風防から飛び出し、ライフジャケットを脱ぎ、前川は噴き出る火を必死にはたいて消そうと試みるが、まさに焼け石に水だ。

火は燃料タンクに燃え移り始めた。

前川は流れる涙を必死に押え、断腸の思いで愛機を後にした。そして、できるだけ遠くに避難し、ジャンプして地面に伏せた。

その瞬間、二百五十キロ爆弾と共に大音響を起こし、前川の愛機は爆発炎上した。

一方、関戸と朝霞の乗った二機のゼロ戦は弾丸飛雨の中、エンジンを全開して敵機銃をくぐり抜け、砂塵《さじん》を巻き上げながら滑走離陸し、空に舞い上がって行った。

不利な高度のまま、義士討ち入りのように敵陣に乗り込んでいく関戸、朝霞の機。ゼロ戦二機対グラマン五機の空中戦。

地上の隊員達は手に汗を握りながら彼らの死闘をただ呆然《ぼうぜん》と見守るしかなかった。

光弾が火矢のように飛び交う敵の弾道を回避しつつ、関戸、朝霞の二機はゼロ戦の機動性を生かし有利な高度へと転換をはかる。

燃料を翼内タンクに切り換え、増槽タンクを投下、左手で機銃の安全装置を外し、敵機に照準を合わせる朝霞……照準器にグラマンが入る。

「………!」

朝霞は満身の力を込めて引金を引いた。

翼の二十ミリ機銃が閃光《せんこう》を放ち飛び出していく。

音をたてて二十ミリ機銃弾がグラマンに吸い込まれていく。

ガソリン槽に着弾、大量のガソリンを噴き出し黒煙を上げ、そのグラマンは火だるまになって横滑りの状態で墜落していった。

敵機一機を撃墜したことに酔いしれているのもつかの間、直後上方から朝霞の機の背中をめがけて十三ミリ機銃が狙《ねら》ってくる。

一瞬にして、朝霞の機の風防に一直線に数発の弾丸が撃ち込まれる。

……朝霞の顔が真っ赤な血で染まっていく。

エンジンに引火、白煙、黒煙を噴く朝霞の愛機。

必死でグラマンと応戦する関戸の目に、別れの挙手の敬礼をする鮮血で染まった朝霞の姿が映る。

その寂寥《せきりょう》とした横顔。

「………!!」

次の瞬間、朝霞の機は紅蓮《ぐれん》の炎に包まれ、長い煙の尾を引いて垂直に落下していった。地上の隊員達はただ黙って彼の墜落を眺めていた、というより、そうする事しか今の彼らにはできなかった。

朝霞の機は悲壮な落下音と共に稜線に沈んでいく。しばらくして物凄《ものすご》い爆音と共に真っ黒な噴煙が百メートル以上の高さに噴き上がった。

感傷に浸っている間もなく、空に噴き上がる噴煙をかいくぐりながら、関戸は、獅子《しし》奮迅《ふんじん》とグラマンに応戦して行く。

しかしゼロ戦一機に対して、敵グラマン四機は編隊を組み、一団となって機銃弾を容赦なく撃ち込んでくる。

このままだとただ無駄死にするだけだと、関戸は敵機銃の弾幕を回避しながら意を決した……突然、残されたゼロ戦一機は真正面に相対して、一機のグラマンめがけた。そして彼はスロットルを全開し全速力で肉弾行を敢行して行った。

高鳴るエンジン爆音。

「ウォ……!!」

自分の人生全てを断ち切るように関戸は腹の底から叫んだ。

叫ぶ、叫ぶ、叫ぶ、叫ぶ、叫ぶ……。

両機の距離が瞬時に縮まる中、敵パイロットは度肝を抜かれ、必死で逃避を試みた。

しかし時すでに遅く、関戸の機はグラマンに体当りを敢行し、上空で大爆発を起こす。その爆発で誘爆を起こすもう一機のグラマン。

粉々になった戦闘機の残骸がバラバラとゆっくり落ちていく。

残りのグラマン二機はその光景を目《ま》の当たりにして戦意を無くしたのか、逃げるように雲上に姿を消して帰投していった。

……水を打ったような静寂さが飛行場を包み込む。

能面のように表情を失った、地上で見守っていた太田飛行隊長、山田分隊長、寺川、山本、松島、前川、その他の隊員達の顔、顔、顔……。

関戸達の壮絶な最期を目の当たりにして俺と金太は言葉を失ってしまった。


……昭和二十年八月八日、関戸優治海軍中尉、戦死……。


数時間後、寺川、山本、松島、その他の隊員達はバラバラになった戦友の肉骨を淡々とした表情で拾い集めていた。

戦争というものはここまで人間を冷酷にしてしまうものなのだろうか。

その中で唯一人間としてホッとさせたのは前川の涙であった。彼はむせび泣くように肉骨を拾い集めていた。

死ぬべき自分が今こうして生き残っている罪悪感からなのか、彼は自分の感情の趣くままに、悲しみで顔を歪《ゆが》ませていた。

その横で俺と金太もむせび泣きながら、真っ黒に焼けた肉片を布袋に押し詰めていた。

この肉片があの優しかった関戸さんのものなのかアメリカ人のものなのか区別はつくはずもなかった。が、今つまみあげているこの焦げた肉が今朝まで生きていた関戸さんのものかと思うと、自然に瞼《まぶた》の裏が熱くなるのである。

同時にこの時代にきて初めて、俺の心の奥底に何か闘争心めいた物が、メラメラと燃えたぎるのを感じ始めた。

この感情は一体なんなのだろうか……。

八月八日午後三時十五分。

『八月六日、午前八時十五分、広島でB29によって落とされた一発の新型爆弾は……』

集会所に設置されたラジオの前で歯を食いしばり直立不動のまま、隊員達が原爆のニュースを聞いている。その中で驚愕《きょうがく》の表情を隠せない松島の顔。

「………」

俺と金太は今朝の出来事を忘れるかのように部屋の隅で漫才の稽古《けいこ》をしていた。

来る二〇〇一年の『お笑いスター誕生』の予選会を信じて。そんな俺達を無視するように寺川や前川達はそれぞれの作業をしていた。

しかし、金太のネタ覚えの悪さとツッコミの間の悪さは本当に天下一品である。『お笑い才能ないで賞』という賞があったらグランプリは間違いなくこいつの手中に収められるであろう。

「本当にツッコミのタイミングが悪い奴だな。漫才は間が命なんやぞ、間が」

「……だって」

「だってもクソもあるか。もうお前は元の時代に帰らんでもいいよ!!」

「………?」

「このまま五十六年間、ネタと間をみっちり勉強してから二〇〇一年の予選会に出場すればいいんだよ。五十六年もの歳月を与えてくれた神様に感謝するべきだ」

「そんなん、おじいさんになってしまうわ」

「だったらもっと真剣にやれよ!!」

「わかったよ、真剣にやるよ……でも兄貴、僕も感じたこと言っていい?」

「何が?」

「怒らない？」

「またどこかに財布でも落としたのか」

「そんなんじゃないよ」

「じゃあ、なんだよ」

「……最近の兄貴の喋り方、変だよ」

「………？」

「兄貴訛《なま》っているよ」

「当り前だよ、関西弁なんだから……」

「その関西弁が変なんだよ。最近、標準語になってきているよ」

「〝なってきているよ〟っていうお前のイントネーションも変だぞ」

俺はその時初めて、自分達の喋《しゃべ》り方が以前と微妙に変わってきている事に気付いた。確かに、漫才の練習をしていて何か変だと思っていた。それは金太の間の悪さのせいだと思っていたが、正直いえばそれだけではないことを、俺も薄々感じてはいた。

俺と金太は改めて台本を見直し、各自のセリフをチェックし始めた。

そこへ蒼白《そうはく》な顔をした松島が営内に飛び込んできた。彼の異様さに思わず寺川が尋ねた。

「そんなに青い顔してどうしたんだ？」

彼は高まる鼓動を必死で抑え、静かに答えた。

「広島に特殊爆弾が落とされたそうです。そのたった一発の特殊爆弾で、広島の街は一瞬にして死の街となったそうです」

「…………」

彼の言葉を聞いて寺川、山本、前川は一瞬言葉を失った。

そして松島は言葉に怒りを込め、顔を硬直させ言い放った。

「そんな特殊爆弾にろくな戦闘機もない今の日本にどうやって、勝てというのですか」

彼の言葉を聞くや否や、寺川は壁に立て掛けてあった竹刀を手にし、彼に急接近した。

「…………」

硬直した松島の顔を一瞥《いちべつ》したその瞬間、寺川は思いっきりその竹刀を彼の顔面にヒットさせた。

「ウウッ‼」

鈍い音と共に松島は床に吹っ飛んだ。そして寺川は物凄い形相で彼を睨《にら》み、

「バカやろ‼　そんな弱音を吐いてどうする。祖国の勝利を信じて死んでいった戦友達に恥ずかしいと思わないのか。関戸達の壮絶な最期を目の当たりにしてよくもそんな弱音が吐けるものだ」

「…………」

松島は黙って立ち上がった。そして溢《あふ》れ出てくる涙を拭《ぬぐ》おうともせず、直立不動の姿勢を堅

持した。さらに寺川は彼の喉元《のどもと》に竹刀を突きつけ、

「どうした、毛唐の宗教にかぶれ過ぎて死ぬのが怖くなったのか」

その言葉を聞いて松島の顔面は小さく震えた。そして涙を必死で堪《こら》えながら彼は言った。一語、一語、噛《か》み締めるように。

「怖くないと言えば嘘《うそ》になります。しかし、お言葉を返すようですが……寺川中尉達、海軍兵学校の考え方は全て正しいとおっしゃるのですか？」

「なんだと!!」

寺川は怒りでさらに顔を歪ませた。そして彼は再び松島の顔面をめがけ、竹刀を大きく振り上げた。

「………！」

俺は無意識のうちに寺川の懐に飛び込んで、竹刀を松島の顔面直前で寸止めした。

寺川は不意な邪魔に驚きながらも、さらに力を入れて竹刀を再び振り上げた。

その時、俺はとっさに大声で叫んだ。

「寺川中尉!!」

と。

「………」

寺川は俺の制止の声に驚いた。そして、

「岸田……」

彼は小さく呟《つぶや》いた。

周りにいた前川、山本も俺《おれ》の行動に啞然《あぜん》としていた。俺も自分の取った行動に、意味もなく驚いた。そう、自分に何が起きたのか全く記憶が無かったからだ。

「………」

しばらくして我に返った寺川は俺の手を静かに振り払い、再び松島を見て、

「……俺達、海軍兵学校の考えが全て正しいとは言わん。しかし、俺は日本の勝利を最後の最後まで信じている。この考えだけは絶対に誰にも負けないつもりだ」

そう言って彼は俺と一瞬、視線を合わせ、そのまま踵《きびす》を返し部屋を出て行った。

「………」

しばらくして、直立不動のまま固まっていた松島が自分の私物箱からそっと聖書を取り出した。そして彼はその聖書を隠すように抱き締め、俺に深々と一礼した後、駆け足で部屋を後にした。

「………」

静寂が支配する。俺はその静寂を破るように、

「金太、漫才の練習を続けるぞ」

「うん……」

金太も何が起きたのかまだ大脳が整理できないうちに、漫才の練習に取りかかった。

「貴方達《あなた》の予言が的中しましたね！」

山本はツッコミをいれるように、突然、俺達の漫才に参加してきた。

「予言？」

俺は漫才を止め、彼に聞きなおした。

「貴方達が言ってたピカドンのことですよ」

「……だから言っただろ、嘘じゃないって」

「これで、僕達が未来からきたということが証明されたわけやね」

山本はゆっくり頷《うなず》き、

「これで自分の研究が間違っていなかったことも証明されたんだ……本当に信じられないことです」

山本は一人で興奮していた。

「研究が証明されたって、何が言いたいんだよ」

「貴方達が空を飛んだことも広島で新型爆弾が落ちることを予言したことも、単なる偶然ではないんですよ!!」

「…………？」

「……人間の肉体が滅びても魂は永遠に生き続けているっていうことです」

「だからそのことと俺達とどういう関係があるんだよ」

山本は改めて俺と金太の顔を見て、重々しく言った。

「……貴方の前世は特攻隊員だったということです」

「………‼」

一瞬、俺達の体に電気が走るのを感じた。

「特攻隊？」

その時、突然、「ウ――――ウ――――」と甲高く空襲警報が発令された。

ふと夕日の落ちる水平線の向こうを見渡すと、真っ赤な太陽を背に浴び、ジュラルミンの銀翼を輝かせたB29の不気味な編隊の塊が、物凄《ものすご》い勢いで近付いてくるのが見えた。

「防空壕《ぼうくうごう》へ退避だ‼」

と山本は山裾《やますそ》にある防空壕の方へ踵を返し走って行く。

空襲の恐ろしさを厭《いや》というほど味わった俺達は、まるでパブロフの犬のように無意識の内に防空壕の方へと向かっていた。

戦闘機の数が少なくなった今では、飛行場には薄っぺらなベニヤ板で作られたダミーのゼロ戦が並べられているだけであった。

俺達三人はそんな閑散とした滑走路を横切り、防空壕の方へと向かう。

徐々に近付いてくる不気味な金属音。

俺と金太は息が切れんばかりに懸命に走りながら、やっとの思いで山本に追い付いた。B29が怖いのとさっきの話を聞きたい一心で。

「……俺達の前世が特攻隊員だったというのはどういう意味や!!」

山本も懸命に走りながら答え、

「つまり、貴方達二人は二〇〇一年に生きていた。そして貴方達の前世はその五十六年前の今の岸田、福元だったということです……逆に言えば岸田、福元が特攻で戦死して三十数年後に貴方達として生まれ変わったということですよ」

「………!!」

「ヒュ――ヒュ――」という空から降って来る爆弾の落下音、一斉に頭を抱えて俺達は地面に伏せる。

地鳴りを生みながら爆発する爆弾。間髪を容《い》れず次々と火の粉を発して炸裂《さくれつ》する焼夷弾《しょういだん》。

俺達は山本の誘導で、奇襲に備え臨時に避難するためのタコ壺《つぼ》と呼ばれる縦穴に飛び込んだ。

三人も入れば定員オーバーのような狭いタコ壺の中で体を寄せ合った。金太のブルブル震える振動が直《じか》に伝わってくる。

爆音が益々高鳴るなか、俺は恐怖を忘れる為にも大声で話を続けた。

「……信じられないことだけど、仮にだよ、あんたの言っているように俺達の前世がその岸田、福元だとしようよ、じゃ、なぜその俺達が今、こんな格好で、こんな時代にいるんだよ!」

「……これは自分の推理だけど、君達は二〇〇一年の八月一日にトラック事故に遭った。岸田、福元両隊員も一九四五年の同じ八月一日、出撃直後、墜落事故に遭った。つまり口ではうまく説明できないけど……」

ドドドドドドドド――ンと至近距離に落ちる爆弾。腹をえぐるような振動、土砂が俺達の頭上に降ってくる。

悲鳴をあげながら金太は俺にしがみついてきた。

しかし俺は不安や恐怖と戦いながら必死で山本の話に耳を傾けた。

山本もタコ壺にいることを忘れ、興奮して話し続けた。

「多分、彼らは墜落事故では死んでも死に切れず、来世の君達の魂を呼び戻してでも、もう一度、特攻任務の完遂を果したかったのでは？」

「じゃ、僕達はもう元の時代には戻れないの」

金太はまだ俺にしがみついている。

「それは断定できないけど、ただ……」

「ただ、なんや!!」

俺は脅迫するように山本を問い詰めた。

「……君達の深層心理の中には岸田、福元の特攻隊員としての魂も生きているということです。今は田代さん、金太さんの部分が表に出ていますけど……」

山本は言いにくそうに急に黙ってしまった。

「けど、なんや!!　けど、なんや!!……」

益々激しくなる爆弾、耳をつんざく爆発音、悲鳴を上げる金太。

B29から爆弾と焼夷弾が次々と落とされてくる、まるで無尽の滝のように。

夕闇《ゆうやみ》せまる中、設営隊が空襲でできた滑走路の穴を迅速に修復している。そして整備員や搭乗員も一団となって作業する。

先程の騒々しさが嘘のように、夜の帳《とばり》を告げる数匹の蟬が力なく静かに鳴いている。

俺と金太はまだタコ壺の中で、土埃《つちぼこり》に塗《まみ》れたまま跪《ひざまず》いて座っていた。

金太は目がぱんぱんに腫《は》れるまで泣いた。その涙で顔の泥を洗い流しながら、

「……兄貴、僕達このまま、この時代の人になってしまうの」

「いや!　戻ってみせる。俺達の前世が執念で俺達をここに連れ戻したならば、同じ執念で平成の時代に戻ってみせる!　それに俺達には漫才しかないんだ。漫才を続けている限りは俺達は俺達だ!!」

俺は怒りを感じた。しかしその怒りとは別にもう一つの怒りが俺の心のどこかにふつふつと湧《わ》き上がっているのも感じた。

その夜、俺《おれ》と金太は月の光の中、海に向かって大声で漫才の稽古《けいこ》をしていた。というより二人共、不安で眠れないのである。朝起きたら全く違う自分になってしまっているんじゃないかという不安で。

いつになく力が入る漫才。ネタを間違えた金太の頭を叩《たた》く俺の手にもつい力が入る。叩かれた金太も文句一つ言わず、一心にネタに没頭している。

はじめからこんなに死にもの狂いで漫才に取り組んでいたら、とっくの昔にスター街道を歩んでいたんではないかと思うと、今更ながら後悔する。

沖から聞こえてくる夜のさざ波がまるで観客の笑い声のように聞こえてきた。久々に聞く客の笑い声だ。

この笑い声があれば俺達二人にはもうなにもいらない。それが俺達漫才師の唯一の財産なのだから。笑いのない漫才師なんて歌を忘れたカナリヤのようなものだ。

遠く離れた兵舎の方から消灯ラッパが鳴り響いていた。

俺と金太は時を忘れたように漫才に没頭した。

同じく自習室では、限られた時を意識するように自分の研究論文をまとめている山本がいた。

翌朝、八月九日。

関戸と米谷のベッドはすでに奇麗に片付けられていた。

その横で金太は真剣な顔をしてネタを覚えている。

俺は自分を奮い起こすようにスケッチブックを手に取り、自分の似顔絵を描いていた。しかし何かぎこちない。

隣でカメラをいじっていた前川が出来上がった作品を見て、満足そうに笑った。

「だんだん岸田中尉に似てきましたね。あの壁に貼《は》ってある絵よりは似てきましたよ」

俺はそう言われ、壁に貼ってある以前描いた似顔絵を一瞥《いちべつ》し、見比べてみる。

「…………」

今、描いている似顔絵はもう田代誠の顔でなくなってきている。

俺は焦って似顔絵にバツをしるし、丸めて捨てた。

「あ、もったいないですよ、せっかくうまく描けているのに……」

前川は丸まった似顔絵を拾い、大事そうに皺《しわ》を伸ばそうとした。

「いらんことするな!!」

俺は大声で怒鳴り、その似顔絵をびりびりに破り捨てた。

そんな俺を見て、他《ほか》の奴らは啞然《あぜん》としていた。

しかし壁に貼ってある田代誠の似顔絵だけは笑って俺を見詰めていた。


営門。

白い布に包まれた関戸の遺骨を抱いて衛兵に一礼して出て行く一人の女、関戸の妻、瑞枝だ。

振り返り兵舎を一瞥《いちべつ》する。

威厳をも感じさせる瑞枝の涼しい眼は女の強さを感じさせる。

しかし次の瞬間、その強さは溢《あふ》れ出る涙を必死で堪《こら》える女の強さに変わっていく。

彼女の背で静かに眠っている赤ん坊の寝顔。


井戸から水をくみ出し、金太と山本の二人はふんどし等の下着類を噴き出る汗と一緒に洗っている。

今までコインランドリーにしか行ったことのない金太にとっては、ふんどし一枚洗うのも大仕事のはずだが、意外と板についてて巧みな手捌《てさば》きで洗っている。もし山本の言うように、この世に生まれ変わりというものがあるのなら、あいつの来世は絶対平凡な主婦に生まれるべきだ。ええ女房になるに違いない。

「でね、ワンレンボディコンのいけいけのデルモみたいなギャルをポンギでナンパして即、バッコン、バッコンよ」

「………？」

偉そうにあることないこと嘘《うそ》八百を並べたてワンハンドレッドパーセント童貞の金太が見栄《みえ》を張って自慢していた。

しかしこの時代の山本には、金太の言っていることがまるで異国の言葉のように聞こえたに違いない。

「金太さんの言っている意味がよくわからないけど、とにかく本当に五十六年後の日本の女性はそんなに恥じらいがなくなってしまうのかい」

「もうむちゃくちゃ、キュウツーに電話して話が合えばもう即、ＯＫ」

「きゅうつー？」

「そう、その代わり電話料金がむちゃくちゃ高くてね。この間も僕がキュウツーに電話したことがばれてね、兄貴にむちゃくちゃド突かれて三日間、飯抜きされたんだ。それ以来、キュウツーには電話していないよ、本当だよ。まあとにかく僕達の時代はフリーセックスなんだよ」

「ふりーせっくす？」

「そうや、それに女性が強くなってね。自衛隊には女の兵隊さんはいるし」

「じえいたい？」

「雅子さんは天皇になるし、土井なんとかというおばちゃんは総理大臣だったかな。とにかく偉い人になったんだよ」

金太はむちゃくちゃなことを言っている。

「まあ、でも女が強くなろうが弱くなろうが、やっぱり女は体や」

「……でも女性ってそんなにいいの？」

山本ははにかみながら聞いた。

「あれ！　山本さん童貞なの？　やだー、そんな年になってまだ童貞なんだー、はずかしー!!」

そういう金太も顔を真っ赤に染めていた。

「でも、独身の男が女性をしらないのがそんなに恥ずかしいことなのかな」

山本はふんどしを洗う手を休め、金太を一瞥した。

「え？」

「そりゃ、同期の中にも街に行って女郎を買う奴もいるよ」

「ちょうろう？」

「でも好きな女と結婚するまで純潔を守ることがそんなに恥ずかしいことなのかな」

「じゃ、山本さんは結婚する彼女がいるんだ」

「……いないよ、もちろん特攻隊員となった今、恋人なんてつくるつもりはないよ」

「じゃ、一生童貞でいるの」

「……………」

「バカみたい」

山本は急に黙り込み、またふんどしを洗い始めた。その手に思わず力が入った。

「そうだ、明日また婚約者の千穂さんが面会にくるんだよ。うまくいったら兄貴の次に山本さんにもまわしてあげるよ」

「まわす？」

「うん、山本さんの好きなようにしていいよ」

あの優しい山本の眼差《まなざ》しが一転して鋭く変わり、金太を睨《にら》みつけた。

「君は彼女の気持ちを考えた事、あるのかい!!」

唇を震わせながら山本は怒鳴った。

「………？」

「彼女がどういう気持ちで君に会いに来ているのか、考えた事あるのかい」

「でも僕は福元じゃないんだよ」

「彼女にとっては時代の違いはあれど、金太さんも福元少尉も同じ一つの魂を持った愛する人には違いないんだよ」

「……………」

「君達の時代の女性がどうだったかはしらないよ。だけどこの時代に生まれた女性達は好きな人が死ぬとわかっていても涙一つ見せず、笑顔で戦場に送り出しているんだよ。その笑顔に隠された彼女達の悲しみが君にはわからないのかい！」

「………」

「それでも彼女達は一分一秒でも愛する人との思い出を作るために、会いにくるんだよ。それを他の男に抱かせるとは畜生にも劣るよ……いくら金太さんでも自分は許せない!!」

機関銃のような山本の攻撃に金太は圧倒された。

まるで幼児が母親を喜ばそうとして、それが度を過ぎ、思いっきり母親に叱《しか》られたように金太は落ち込んでしまった。

その落ち込み方が顕著に表れたのか、山本はチラチラと金太に視線を送った。

……沈黙。

山本は逆に自分の言い過ぎたことで胸が痛くなった。

「……すまない、畜生にも劣るなんて言って。あやまるよ。でも、金太さんは自分の気持ちをわかってくれると思う。たとえ生まれた時代が違っても」

山本は軽い微笑《ほほえ》みを金太に投げた。

「………」

金太もその微笑みを受け、軽く笑った。

それから飽きがくるまで、二人は無邪気な笑いを浮かべながら黙ってふんどしを洗い続けた。

お互いの小さな仕草のリアクションで沈黙の会話をしながら。

営内に静かに響き渡るハーモニカの音色、〝ふるさと〟の曲を松島が吹いている。その少し離れたところで寺川が軍刀の手入れを無言でしている。松島と寺川の二人だけの空間。松島は曲を吹き終わるとハンカチでハーモニカの口をそっと拭《ふ》いた。そして、寺川を意味ありげに見た後、ライフジャケットを手にし身に着けはじめた。そんな彼を寺川は同じようにチラッと見た。

「どこに行くんだ?」

松島は彼の突然の質問に驚いたが、すぐに作り笑顔で答えた。

「来る出撃に備えて、整備兵と一緒にエンジンの調子を見ておこうと思いまして」

「…………」

寺川は無言で頷《うなず》いた。松島のライフジャケットを身に着ける音だけが部屋の中を静かに響き渡った。

「なあ松島、貴様は国に恋人はいるのか?」

「…………」

松島は寺川の意外な質問に再び驚いた。

松島は恥ずかしさもあったのかしばらく沈黙した後、軽く口元に笑みを浮かべ、答えた。

「いいなずけがいました」

「……そうか」

寺川は無表情で答えた。松島はさらに会話を続けた。

「でも、特攻隊の編入が決まった時、婚約は解消してきました……まさか、一緒に連れて行くわけにはいかないですからね」

松島は努めて明るく笑った。

「…………」

寺川は表情一つ変えず、無言のリアクションで答えた。

「寺川中尉は……恋人はおられるのですか？」

松島は会話を続けた。

「…………」

無言でいる寺川に、松島は笑顔で会話し続けた。そして寺川は重い口を開けた。

「死ぬほど惚《ほ》れた女はいた……今は生きてはいないけどな」

「…………」

松島の顔から静かに笑顔が消えた。

「貴様はどうしてキリスト教なんかを、信じるようになったんだ」

松島は再び寺川の難問に躊躇《ちゅうちょ》したが、今の彼には答える勇気があった。

「自分の家族がキリスト教徒だったもので、自然に……ただ最近になって初めて、自分にとって神とは何なのかと考えるようになりました」

「………」

「……やはり、死ぬのは怖いですから」

松島は軍人であることを忘れ、人としての本音を吐いてしまった。

「………」

寺川は、一瞬、険しい表情で彼を睨《にら》んだ。

「すいません!」

と、松島はふと我に返り、機敏に頭を下げた。

「………」

寺川は無言で立ち上がり、軍刀をゆっくりと構えた。そして言った。

「謝る必要なんかないよ……人間は誰だって、死ぬのは怖いんだからな。だから人間は神の存在が必要なんだよ……俺だって、人間だ」

寺川は、軍刀を思いっきり振り下ろした。全ての矛盾と怒りを断ち切るように。

「寺川中尉……」

松島はそれ以上の言葉は出てこなかった。ただ熱く込み上げてくる何かを感じていた。そして、軍人として、人として初めて、寺川と心が通い合ったような思いがした。

寺川もそれ以上の会話を続けようとは、あえてしなかった。そして、そのまま彼は、無言で部屋を出ていった。

「…………」

松島は寺川の背中をいつまでも見送った。


俺《おれ》は兵舎から少し離れた木陰で一匹の捨て犬とじゃれあっていた。

二〜三日前からこの子犬はこの辺りをウロウロしていたのだ。

俺は子供の頃から犬が大好きで、よく捨て犬を拾って帰っては母親に怒られたものだった。

「またそんな汚い捨て犬を拾って帰って来て!!　河原かどっかに早う捨ててこな、あんたも一緒に捨てるでー!!」

それで俺は子犬を抱いたまま、日が沈むまで捨てるか捨てないか河原でよく悩んだものだ。

結局、夜遅くまで帰って来ない俺を心配した母親は、俺と一緒に子犬を家に連れて帰るのが、お決まりのパターンとなっていた。

次の日、給食のパンの耳を袋に詰め、子犬にやろうと胸を躍らせながら家に帰ると、臨時に作った段ボールの犬小屋には、もう子犬の姿はどこにもないのである。

俺が学校に行っている間に、父親が車でどこか遠くの河原に捨ててしまっていたのだ。そしてまた俺は新しい子犬を拾ってくるのである。

子供の頃はそんなことの繰り返しであった。

平和な幼年時代を思い出しながら、感傷に浸って俺は子犬を見詰めていた。

そこへ「チビ、チビ……」と呼びながら寺川が残飯の入った飯盒《はんごう》をぶら下げてやってきた。

子犬は寺川を見るやいなや、俺の腕から元気よく抜け出した。そして彼の足元にしっぽを振って、じゃれつきまわった。

「なんだ、寺川の飼ってた犬だったのか」

俺はまるで自分の女を奪われたように、少しジェラシーを感じながら言った。

「先日の空襲で飼い主がやられたんだろう……ここには主人を亡くした犬達が餌《えさ》を求めて、よくやってくるんだよ」

そう言って寺川は子犬に残飯を与えた。子犬はがっつくように飯盒に顔を突っ込んで食べた。

「……しかし、俺がそんな事まで貴様に説明しなくてはならんのか。墜落事故以前は貴様もこうして兵舎に迷い込んだ犬に残飯をよく与えていたのにな……」

「…………」

寺川は複雑な笑いを顔に浮かべながら子犬を見詰めていた。

俺も複雑な思いで彼らを見詰めた。

「……そいつ、なんて名前なの……マリリン？」

「チビ!!」

「チビね……見たまんまやな」

寺川は思わず微笑み、じゃれつくチビの頭を撫《な》でた。

「……なあ岸田、長嶋を覚えているか？」

「巨人軍のか」

「何を言っているんだよ、兵学校で同期だったあの長嶋だよ……いつも貴様と俺とで百メートル走を競《きそ》っていたじゃないか。貴様がいつも一位で俺と長嶋が二位を競ってた……」

「俺が百メートル走を？　ウソ……！　俺いつも運動会ではビリだったよ、パン食い競走は速かったんだけどなー」

「よほど重症だな」

寺川は溜息《ためいき》をついた。

俺は明るく、

「そう重症なの、何も思い出せなくてね……言っておくけどこの間、空を飛んだのは偶然のまぐれのミラクルだからね。もう一度やってみろと言われてもジャンボ宝くじの一等賞を千回続けて当てろと言うようなものだからね」

「………？」

「で、その長嶋ちゃんがどうしたの」

「……戦死したよ」

「ふーん」

俺は他人事《ひとごと》のように軽く頷《うなず》いた。

「これで俺達、同期のほとんどが海に散っていったわけだ……散る桜、残る桜も散る桜か……」

「…………」

「なあ岸田、今から一緒に汗を流さんか、今度こそ負けないぞ」

「やだよ、こんなくそ暑い日に、それでなくてもむなくそ暑いのに」

「……変われば変わるものだな……」

寺川は淋しそうな横顔を見せ、子犬の頭を撫でていた。

その瞳《ひとみ》が本当に優しかった。


洗濯を終え、一人で兵舎に戻ってきた山本。ふと毛布の上に家族から届いた一通の手紙が置いてあることに気付く。

思わず口元が緩み、嬉《うれ》しそうに封を開け手紙を読む山本。

「………!!」

緩んだ口元が次第に硬直し、深刻な表情に変わって行った。


夕方。

俺はチビを連れて海辺を散歩していた。ふと、遠くを見ると、防波堤の上で台本片手に漫才の練習をしている金太と山本の姿が見えた。俺は金太にも自主的精神が芽ばえてきたんだと他人事ながらうれしかった。俺は岩の陰に隠れ、しばらく金太の成長を見守ることにした。しかし山本のド下手さと金太の間とネタ覚えの悪さで、見るには耐えられないムチャクチャな漫才である。

「だめだよ!! 山本さん、もっと早くツッコミを入れないと僕がボケられないでしょ。漫才は間が命なんやから」

よく言うよと俺は思った。

「やっぱり兄貴でないとだめなのかな」

「………」

このアホはやっと俺という存在の貴重さがわかってきたみたいだ。

「つまり、間というのはただ早くても遅くてもだめなんだよなー」

さすが十年近くも無駄に売れない漫才師をしていないわ。ええこと言いよる。

「だから間というのは一言で言うと」

一言で言うと？

「……その時のなんと言うかな、間なんだよなー」

八千年漫才の修行してもあかん！

「兄貴も言ってたよ。〝笑いと間を忘れた漫才師なんて、歌を忘れた金物屋〟て」

……バカ！

「とにかく今僕が言ったことを頭に一つ一つ入れてやれば、山本さんもりっぱな漫才師になれるよ……」

金太がふと山本の方を見ると、せっかくの彼の講義も聞かず、堤防の端に座り沈黙の中で遠い視線を海に向けていた。

「どうしたの、僕、何か傷つけること言った？」

「……いや、ちょっと疲れただけだよ」

「嘘《うそ》だ。さっきから山本さん変だよ……昼に話した千穂さんのこと、まだ怒っているんだ」

「怒っていないよ……」

「じゃあ、なんなの、僕に言えないようなこと？」

「……金太さんの両親は元気なの？」

「…………？」

　金太は突然の質問に躊躇《ちゅうちょ》したがすぐに答え、

「父ちゃんの顔は覚えていないんだ……僕がまだちいちゃかった時、となりの八百屋のおかみさんとどこかへ逃げてしまったんだって、でもお母ちゃんは離婚もせずに今でも父ちゃんの帰りを待ってるわ」

「へー、寛大なお母さんなんだね」

「そりゃ、すごく良いお母ちゃんだよ。僕が漫才師になるって言ったら、何も反対せずに東京に出してくれたんだ。今でもスターになるの、楽しみにして待っているよ」

「すたー？」

「僕な、正直言うと、あんまりここが良くないんだよ」

　そう言って彼は頭を指した。

「だから一度も百点とったことないんだ。百点どころか十五点とるのが精一杯。だからお母ちゃんにはまだ親孝行したことなくってね。今度こそ東京で大スターになって、お母ちゃんに家を建ててやるんだ」

「その夢かなうといいね」

「うん……山本さんのお母ちゃんは良い人なの？」

「…………」

山本はしばらく考え、飛行服のズボンから手紙を出し、そっと金太に渡した。

「何これ？」

「実家からの手紙だよ……先日の大空襲で母が死んだって」

「………！」

「……神宮での学徒出陣式の時には、あんなに元気な笑顔で送ってくれたのに……僕が特攻隊に編入された時、お母ちゃん、何も言わずにただ黙って淋《さみ》しそうに笑ってた。優しいお母ちゃんだった……僕より先に死ぬなんて……」

瞼《まぶた》に熱いものを感じながらも、山本は必死で堪《こら》え笑顔を浮かべ続けた。軍人としてのプライドなのだろうか。

「………」

しかしそのプライドもそう長く続かなかった。山本は顔を隠そうともせず、号泣した。彼の肩は激しく揺れた。金太はそんな彼の背にそっと手を置いた。

「どうして同じ人間同士が殺し合うの……」

金太はそう、ポツリと言った。

「……僕達の時代にはあんなにアメリカと仲が良かったのに、マイケル・ジャクソンもマドンナも来たんだよ。それなのに、なぜ殺し合うの……人間ってそんなにアホやったんか。それやったら算数のできないアホな僕の方がよっぽどましや！」

「………」

山本は複雑な気持ちで金太を見詰めた。

俺《おれ》も複雑な気持ちが心の底から湧《わ》き上がってきた。その気持ちを必死に抑えようとしたが、すればするほど、涙となって出てくる。真夏の二人の影は夕日に溶け合って行った。

今日もまた一日が終わろうとしている。


隊長室の窓際で、太田飛行隊長は月夜を見ながら隊歌を静かに口ずさんでいた。

「……ここはお国を何百里　離れて遠き満州の　赤い夕日に照らされて　戦友《とも》は野末の石の下……」

その後ろで山田分隊長は険しい表情で立っている。

「隊長!!」

太田は歌を静かに止め、窓の景色を見たまま、黙って首を横に振った。

「お願いします!!　私を今度の特攻出撃に編入させてください」

「…………」

「これ以上、私の部下が先に死んでいくのを黙って見ているのが辛《つら》いんです。それに……今こうして五体満足で生きている自分が……」

「英雄気取りでいるのか!!」

隊長は怒鳴った。

「……隊長……」

「君の部下は私の部下でもあるんだぞ」

「………!」

「死なんと戦えば生き、生きんと思えば必ず死すものなり……私が今、好き好んでのうのうと生きているとでも思っているのか。自分だけが生きて、散っていく桜達を見届ける事ほど、辛いものはない、そんなことぐらい君以上にわかっているつもりだ」

「………」

「しかし、きたる本土決戦の時に、君のような優秀な飛行機乗りなくして誰がこの日本を守り切るんだ」

「しかし」

「……死ぬ時は私も一緒だ」

「隊長……」

唇を細かく震えさせながら、山田分隊長は直立不動のまま動かなかった。

そしてまた太田隊長は静かに歌を口ずさみ始めた。

「ここはお国を何百里……」

自分の部屋で、山田分隊長は搭乗割りを目の前にして一人、酒を飲んでいる。

かなり泥酔しているが、数少なくなった搭乗員の名前を見る目だけはしっかりしていた。

長時間止まっていた筆を持つ手が、一気に動いた。

山田は二人の搭乗員にゆっくりと大きくマルをつけた。

「…………」


艦砲射撃と機銃の弾雨の中、急降下で敵空母に猛進する。

敵砲と機銃弾が目の前で祭りの花火のように炸裂《さくれつ》する。

黒煙と爆発の閃光《せんこう》が広がる中、わずかな隙間を縫うように時折姿を見せる敵空母の勇姿。

その一瞬の視覚をたよりに操縦桿《そうじゅうかん》の照準を一ミリでも正確に敵空母に近付ける。しかし敵砲の次々と襲ってくる爆発の衝撃波が、操縦桿の針路を変えていってしまう。そして、荒波の立つ大海原へと俺をいざなう。

俺は全てのエネルギーと筋力を操縦桿に結集させるが、敵機銃の数発がエンジンに着弾し火をあげる。ここまで敵砲に機体がさらされなかったこと自体が奇跡なのだ。

風防に真っ黒なオイルがへばり付く。

もう視界はゼロに等しく、噴き上げる炎で操縦席の温度が上昇する。

操縦桿ももう形だけのもの。

意識は朦朧《もうろう》とし、我が愛機は多くの戦友の待つ海原へと突進していく。海面が目の前に迫る。

一瞬、煙塊の隙間から見える空母……もう遥《はる》か彼方《かなた》。俺は腸《はらわた》がちぎれんばかりの遺恨の叫びをあげた。

……ふと目を開けると俺はバケッで水を被《かぶ》ったように全身汗をかいて、毛布の上に横たわっていた。

周りを見渡すと、窓から微《かす》かに吹いてくる涼しい夜風の中で、一日の疲れを癒《いや》し静かに眠っている寺川、松島、前川、金太の姿があった。

山本は今夜も消灯延期をしているのか、毛布は畳まれたままであった。

「……夢か……」

夢にしてはものすごく身近に感じ、五感も生々しいものがあった。と言うより、はっきり体の隅々に残っている。

その時、隣で寝ていた金太が、

「……発見、ワレ突入ス……」

と寝言を発した。

「…………!!」

俺はいてもたってもいられなくなり寝床を後にし、部屋を出て行った。

自習室で一個の裸電球の明かりだけをたよりに、論文を書いている山本の姿があった。彼の脇《わき》には『チベットの死者の書　倶舎論』などの専門書が山積みされている。俺は黙って部屋に入り、彼のそばに座った。

山本は不思議な顔をして、

「どうしたんですか、こんな夜遅くに……」

「ちょっと暑苦しくて眠れなくてね」

「今晩はまだ過ごしやすい方ですが」

「俺がいると邪魔か？」

「そんなことないですよ。ちょうど休憩しようと思っていたところですから」

「休憩しようと思っていたって、じゃまだ書くつもりなのか」

「ええ、いつ出撃命令が出るかもしれないですから。それまでになんとかこの論文を完成しておきたいんです」

「完成させても死んでしまったら何にもならないぞ。それとも何か、新聞社か何かに売るのか？　輪廻転生《りんねてんしょう》を証明する未来からやってきた二人の生き証人が、現れたって……」

「そんな見世物のようなことはしないですよ。これは自分が納得するために書いているんだ。ただそれだけです」

「じゃ、完成したらその論文はどうするんだよ」

「勿論《もちろん》、一緒に乗せて出撃します」

「それじゃ、何もならないじゃん」

「いいんです。自分だけが納得できれば、それでこの人生を終えることができるなら」

「俺はそんな格好つけた死に方なんて理解したくないね。俺はどんなことがあっても生きて生きて生き抜いてやるよ！」

俺は思わず興奮して息が荒くなった。

「……今日の田代さん何か変ですよ。何かあったのですか」

「………」

俺は山本の視線を避け、重い口調で話し始めた。

「なあ山本、俺達はもう元の時代に戻れないのかな……」

「……どうしたのですか？　弱気になって、田代さんらしくもない」

「……俺の気のせいかもしれないが、空を飛んでからというもの、毎日、夢の中で変なことばかり考えてしまうんだよ」

「変なことって？」

「………」

「何ですか？　言ってみてください」

「……〝必ず敵空母を撃沈してみせる〟って」

「必ず敵空母を撃沈してみせる!!　岸田中尉が口癖のように言っていたことだ」

山本は汗ばんだ額を光らせながら満面の笑顔で言った。

「………？」

「そうか、岸田中尉の記憶が蘇《よみがえ》ってきたんだ……岸田中尉、戻ってきたんですね!!」

俺は山本の言葉に、体中の血が頭に上ってくるのを感じた。

「じゃあ、田代誠はどうなるんだよ!!」

「………」

「このまま百パーセント岸田中尉に戻ってしまったら俺はどこに行ってしまうんだよ。彼の深層心理に潜ったまま敵艦に突っ込んで木《こ》っ端微塵《ぱみじん》かよ」

「大丈夫ですよ、貴方《あなた》は貴方自身で生きています。貴方の魂は永遠に生き続け、また、どこかで蘇り……」

「そんなおとぎ話はもう聞きたくないよ!!」

俺は大声で怒鳴った。

「…………!?」

「俺はたった一度しかない田代誠でいたいんだよ、漫才師としての田代誠で」

「…………」

「あんたはいいよ……この戦争もそう長くはないはずだ。日本はボロ負けして終わるんだ。だからあんたもこのまま終戦を迎えて、後は後世のんびり暮らせばいいんだよ。そこで輪廻かねんねか知らないけど一生のんびり研究していればいいだろ。あんたにな、俺達の気持ちなんかわかってたまるかよ!!」

俺の心の中にあった不安が一気に爆発し、思わず山本が書いていた原稿をわしづかみにし、思いっきり床に叩《たた》きつけた。

床一面に原稿は散らばった。

俺は勢いに任せそのまま部屋を飛び出して行った。

何とも言えぬ後味の悪いものを残したまま。

「…………」

山本は皺《しわ》になった原稿を一枚、一枚、拾った。そして原稿の皺を丁寧に伸ばした。彼は目を伏せたまましばらくその原稿を見詰め、そして自分を奮い起こすようにもう一度、机に戻り、続きのペンを執った。

翌朝、八月十日。

きびきびとした動作で寺川、山本達は毛布を畳んでいた。

そして金太は相変わらずあくびをしながら眠そうに畳んでいる。

俺《おれ》はわざと山本と目を合わせるのを避けた。

山本も同じ気持ちらしい。

そこへ「失礼します!!」と大声で挨拶《あいさつ》しながら一人の若桜が入ってきた。

肩から大きなバッグを背負い、こぼれんばかりの無邪気な笑顔をして。

「今日付けを以《もっ》て、この分隊に配属されました竹田昌司二飛曹です。よろしくお願いします」

あまりの若さにみんなは驚きの表情を隠せなかった。

「貴様、年はいくつだ」

と前川が聞いた。

「はい十七になりました」

「十七!?」

「それで飛行時間はどれくらいだ」

「ほとんどありません、中練の途中で谷田部《やたべ》航空隊からここへ転属されたものですから」

「じゃあ、もちろん実戦の経験は……」

「全くありません。赤トンボで進発訓練を受けただけです。でも敵艦に当たる気合だけは十分にあります」

「気合だけでは特攻任務は務まらんぞ。今は直掩機《ちょくえんき》もなく、その技術じゃ目的地に着くまでに敵グラマンにつかまって、それで終わりだぞ」

「もちろんそのことも覚悟の上です」

「覚悟の上か、頼もしい奴だな」

前川は少し侮辱を含めた笑いをした。

しかし寺川はほとんど無表情のままでその若桜を見詰めていた。日本の勝利を信じ護国の鬼となれと徹底的に教育されてきた寺川。そんな兵学校出身の彼にとって、これほど屈辱的な事はなかったのだろう。

数日ぶりに金太は婚約者の千穂と再会した。

基地近くの海辺を散歩する二人。

手をつなぐわけでもなく、肩を組むわけでもなく、金太はただ黙って歩き続けた。

沈黙の会話が永遠に続く。

浜辺に響き渡るさざ波の音が金太の緊張の鼓動をさらに増幅させた。

「…………」

沈黙、という言葉がこれほど金太の心に重くのしかかったことはなかった。

千穂もただ俯《うつむ》き、金太の後ろを歩くだけであった。

しかし千穂にとってはしゃれた会話などは必要はなかった。こうして生きている福元と同じ時間を共有していることだけが、今の彼女にとっては十分すぎるほど幸せであったからだ。本来なら彼女は、小さな骨となった福元と沈黙の会話をしていたかもしれなかったのだから。

しかし、その長く続いた沈黙を破ったのは、皮肉にも〝グルグル……〟という金太のお腹の虫だった。

「…………!!」

金太は慌ててお腹を押え、冷静な顔を装った。

「……お弁当、食べましょうか」

千穂は軽い笑みを浮かべ優しく言った。

「……うん」

金太は精一杯、爽《さわ》やかな笑顔で答えたつもりであったが、誰の目にも苦笑いにしか見えなかった。

二人は浜辺に風呂敷《ふろしき》を敷き、千穂が作ってきたお弁当を広げた。中からはおいしそうな卵焼きとおにぎりが出てきた。

金太の食欲は一瞬、頂点を極めたが、しかしお弁当を広げる彼女のしとやかな動き、そして何よりも潮風に運ばれてくる彼女の結いたての髪の匂《にお》いが食欲を忘れさせ、性欲を一気に奮い立たせた。

再び、二人の間に沈黙が訪れる。

金太はその気まずい沈黙を逆に利用し本能のままに千穂に抱き付き、一気に地面に倒した。彼は千穂の唇に力ずくで自分の唇を重ねようとした。

突然の金太の奇襲に驚き、千穂は必死で抵抗した。それ以上に必死で押え込もうとする金太。しかし、彼のあまりにも強引な力に千穂は降参し、彼の力のなすがままに我が身を託し始めた。

それは母性本能に近いものであった。死というものを目の前にした一人の男が必死で女を抱くその姿に、女が心打たれたのである。そう思った瞬間、なぜか千穂の目には一杯の涙が溢《あふ》れた。

顔を寄せていた金太の頰《ほお》に千穂の涙が伝わる、その生暖かさ。

「…………!!」

金太は、ふと我に返り千穂の瞳《ひとみ》を見詰めた。涙で溢れたその瞳の奥にはこの世のものとは思えない程、美しい処女の姿があった。

一瞬にして金太の力は無力になった。そしてそのまま起き上がり、改めて自分の犯そうとした罪の重さに自己嫌悪した。

「……ごめん」

金太はおにぎりを貪《むさぼ》り食った。千穂へのエネルギーを無理やり食欲のエネルギーに置換させるように。

そんな金太の真摯《しんし》な姿を見て、千穂は淡々と言った。

「……私、お国の為に、特攻を志願したあなたを一生誇りに思って生きていきます……」

千穂の目にはもう涙はなかった。ただ千穂は自分の奥底にある感情を必死で抑えることに無我夢中だったのだ。

「…………」

けなげな彼女の姿を見て、金太の心の中に今まで感じたこともない何かが、大きくうごめいた。

寂寞《せきばく》とした沈黙と暑さの中で二人の男と女は、ただ、ただ、黙って見詰めあった。これが二人にとって最後の時間になるであろうことを本能で感じながら。

俺は水洗い場で夏の暑さでヒートした体を水浴びし、冷却させていた。

ふと、運動場を見ると、金太が帰ってくるのが見えた。

俺はニタニタしながら金太に近付いた。

「おい金太、千穂さんとのデートはどうだった」

「………」

「やったか？　男になったか？」

「………」

金太はただ黙って俯いているだけであった。

それが何を意味するか、長年つきあっている俺にとっては容易に理解できた。

俺は金太の頭を思いっきりド突き、

「情けないやっちゃな、この童貞スケベーが!!」

「………」

「本当にじれったい奴なんだから、あんなの早くいてこましちまえよ」

「………」

「もうええ!!　お前がやらないんだったら、俺が先にいてこましてやるよ。あの女はどこにいるんだ……」

「どうして兄貴はいつもそんな風にしか女の人を見れないの、下品だよ!!　それに千穂さんは、兄貴がいつもつきあっていたような下品な女じゃないんだ」

金太は目の色を変えて逆襲してきた。

「お前、誰にものを言っているのかわかっているのか!!」

「もちろん、目の前にいる兄貴だよ。他《ほか》に誰がいるというの」

「ほう上等じゃねーか、俺にたてつく気なんだな」

「別に兄貴にたてつく気はないよ。ただ、もっと千穂さんの気持ちも考えてあげてって言っているんだよ」

「千穂さんの気持ち？　格好つけやがって、いつからお前の女になったんだよ。彼女はな、れっきとした福元という婚約者がいるんだよ」

「その福元が同じ魂を持った僕なんだよ……だから彼女は時間を越えた僕のれっきとした婚約者なんだ！」

「………」

「だから絶対に他の男には彼女を近付けさせない。たとえ、兄貴でもね!!」

金太はわざと俺の視線を逃れ、目を伏せて怒鳴った。

しかし、その時、金太の目がどれだけ真剣であったかは、容易に想像ができた。

金太はこれ以上、この場に踏みとどまる事が困難だというように、逃げるように去って行った。

俺はあまりにも急激な金太の変化に戸惑いを感じながら、その場に両足が磁石のようにへばり付き、一歩も動けなかった。

ただ炎天下の松林でせわしく鳴いている蟬の声だけが耳に入ってきた。

夕方。

山本と松島は一歩、大きく踏み出した。

硬直した二人の顔。

山田分隊長は指揮所前の号令台に搭乗割りを持って立った。明日の特攻出撃の搭乗者名を読み上げるために。

「……以上、二名の者、明日０６００指揮所前に集合!!……敵機動部隊空母一、戦艦二、他多数沖縄の北約百キロ地点を北上中……」

「…………!!」

地球上の全ての重力が自分にかかったように、山本の顔は押し潰《つぶ》され、さらに硬直していった。

「……今こそ諸君が神国日本に神風を巻き起こす時がきた。諸君の護国の魂がこの美しい祖国を守るのだ!!……」

他の搭乗員達も明日は我が身と微動だにせず、分隊長の訓辞に聞き入っていた。

たくさんの本を抱え、自習室に向かう山本。

「山本!!……山本!!……」

俺《おれ》は大声を上げ後ろから追っかけた。

山本は俺を無視して自習室に入って行った。

そして誰もいない自習室の机につくやいなや、おもむろに原稿用紙と本を開き、論文を書き始めた。

俺は黙って彼に近付き、隣の椅子《いす》に静かに座った。

山本は俺に気付きながらも、それ以上に原稿用紙に集中していた。

しばらく沈黙が続いた。

誰かがこの沈黙を破らなければならなかった。山本か俺か、原稿用紙に没頭している山本から話しかけるという事は万が一にもありそうにはなかった。

後は予期せぬ第三者がこの部屋に入ってくるかだが、それはあまり期待できなかったし、ここは二人だけで話したかったから期待もしたくなかった。

「なあ、山本……あの……」

俺は、山本の顔を窺《うかが》いながら、切れ切れな言葉を続けて言った。

「昨夜……お前に言った……いや、お前の大事にしている物を……投げつけたりして……悪かった……あやまるよ」

「…………」

山本は黙って原稿用紙を見詰めている。

「でも、俺の気持ちもわかってほしいんだよ。お前の言うように魂は一つかもしれない。でも俺にとっては、田代誠はたった一度の漫才師としての俺なんだよ。岸田中尉は、今の俺にはただの赤の他人だ」

「…………」

「それに俺には、金太を袋金太自身のまま、元の時代に連れて帰らなければならない義務があるんだ。そしてあいつに約束したことを果たさなければ、死んでも死にきれないんだよ」

「……約束？」

やっと山本が重い口を開いてくれた。

「そう、あいつをりっぱな漫才師に育て、りっぱな家に住まわせて、あいつのおかんを呼んでやると約束したんだよ」

「本当に田代さんって友達思いなんですね……」

山本は微笑《ほほえ》みを浮かべた。

「…………」

「岸田中尉も福元少尉を弟のように可愛《かわい》がっていましたよ」

「岸田も福元の事を」

「そうまるで今の田代さんと金太さんのようにね。こういう偶然はめずらしくないんです。例えば、現在夫婦である人が前世では親子だとか兄弟だったとか。特に、前世で一緒になりたくても、ある事情で一緒になれなくて、その執念が深層心理に刻み込まれ、生まれ変わっても、一目惚《ぼ》れとか何かに引き付けられるように二人は一緒になることがあるんです」

「でも俺達は夫婦じゃないぜ」

「勿論《もちろん》、そうです。でも貴方《あなた》達には、友情というものがある。その友情がまた貴方達を引き合わせたんですね」

「でもまだ信じられないな、その輪廻《りんね》なんとかという奴が」

「自分も初めは半ば疑いながら研究をしていました。でも貴方達が現れたことによって確信がもてたんです……実際に、広島のピカドンの予言をしたじゃないですか」

「だからといって、いくら来世があるからといって、今の命を自ら断つことはないんじゃないか」

「断つのではありません。祖国の為に命を捧げるんです……平和な時代に生まれた田代さん達にはわからないと思うけど」

「そんなのわかりたくもないよ。国の為に命を捧げるなんて」

「自分達にはわかるんです」

「嘘《うそ》だね、お前は死の恐怖から逃れるために、また来世があるんだと、自分に言い聞かせ、自分自身を無理やり納得させているだけなんだよ」

「……………」

「でなければ、お前達はあの分隊長や飛行隊長に洗脳させられているだけなんだよ」

「……………」

「なあ山本、お前本当に行くつもりなのか……もう一度、考え直してみろよ。もうこの戦争は終わるんだ。それに日本が負けるとわかっていて、どうして……」

「いいんです。自分はこういう時代に生まれた。ただそれだけです」

「ただそれだけって……いや、お前は自分に嘘をついている。本当はこの戦争を憎んでいるはずだ。いや、それ以上にこの戦争を起こしたこの国を憎んでいる。お前は自分に嘘をついてまで……」

「何も言わないでくれ、頼む!! 田代さんが何を言っても自分の決意は変わらないよ」

山本は立ち上がり、壁に向かって叫んだ。両手に本を握りしめ。

「そりゃ、自分だって研究半ばにして、この若さで死んでいくのはいやだよ。もっともっと生きていたい!! それに怖いよ、敵艦に突っ込む直前に発狂するかもしれない、オシッコちびるかもしれない。でも今度生まれてくる時は、絶対平和な時代に生まれてくるような気がするんだ。『死は新しい生への始まり』なんだ……」

山本の唇は震え、握っていた本は無意識の力で皺《しわ》くちゃになっていた。

「…………」

「……悪いけど、田代さん、一人にしてくれませんか。この論文を明日までには完成させておきたいんです……貴方の言うように無意味かもしれませんけど……」

山本の後ろ姿から見る肩はなぜか小さく見えた。

「……お前な、生まれ変わりなんてありはしないよ」

「…………!!」

「いや、たとえあったとしてもそれは別人だ。お前の人生はたった一度だけなんだぞ。それを国の為に死ぬなんて……」

山本は突然、俺を睨《にら》んだ。その鋭い眼光は俺を遮断し、無口にさせた。

「…………」

山本は本と原稿を両手に抱え、俺の視線を避けるように黙って出て行った。俺はもう一度、彼を呼び止めようとしたが、できなかった。というより何かが俺を邪魔してそうさせなかった。

俺の心の中で何かが目まぐるしく動いていた。

俺はまるで失恋をした青年のように、半ば呆然《ぼうぜん》として部屋に戻って行った。ふと部屋の中を見ると松島が蒼白《そうはく》な顔をして直立不動の姿勢で立っていた。そして彼の眼前で物凄《ものすご》い形相で睨んでいる山田分隊長の姿があった。松島の聖書を手にして。

「これは何だ」

山田分隊長は低い声で彼に聞いた。

「……聖書であります」

松島は一瞬、言葉に詰まるが小さな声でそう答えた。

「聖書でありますだと!!」

激昂《げっこう》した分隊長は松島の顔面を思いっきり平手でビンタした。同時に松島は数メートル床に吹っ飛んだ。しかし、彼はすぐに起き上がり、山田分隊長の前に真剣な顔で立った。分隊長は彼の眼前に聖書を突きつけ、

「俺はこれを焼き捨てろと命令したはずだ！　貴様は俺の命令が聞けず、毛唐の宗教に服従と言うのか？」

「………」

松島は微動だにせず立ち尽くした。

「大本営の報告によると奴らは長崎にも特殊爆弾を落とし、数十万人もの犠牲者が出たとのことだ」

「………!!」

分隊長の言葉を聞いて愕然《がくぜん》とした表情を隠せない松島、そして寺川、前川達。

「そんな、畜生にも劣る奴らの宗教にかぶれている貴様に、重大な任務が任せられるか！　俺

の命令が聞けないと言うなら今日付けを以って原隊復帰だ」

そう言って分隊長は松島を一瞥《いちべつ》し、部屋を出て行こうとした。その時、

「分隊長、お願いであります。自分を特攻任務から外さないでください!!」

松島はあらん限りの声でそう叫んだ。

「…………」

松島の言葉に分隊長は足を止め、彼の方を振り返った。

「貴様、本心で言っているのか？」

「はい」

松島は真剣な眼差《まなざ》しで分隊長を見詰めた。

「だったら、今ここでその証拠を見せてみろ」

分隊長は無表情のまま、松島の足元に聖書を投げ捨てた。

「…………？」

松島は一瞬、分隊長の意図が理解できなかった。そんな彼に分隊長はとどめの一発を刺した。

「これを踏め」

と。

「…………」

松島は、自分の耳を疑った。彼は意外な視線を分隊長に投げかけた。

「これを踏め」

分隊長の言葉が未練未酌なく、繰り返された。

「…………」

異様な戦慄《せんりつ》が松島の全身に流れる。彼はその戦慄と闘いながら、答えるべき次の言葉を必死で探した。分隊長はそんな彼に無表情なまま冷ややかな視線を投げ続けた。そして、

「……はい」

と、松島は無意識のうちに答えていた。その瞬間、彼の額から大雨のような汗が噴出した。

「…………」

松島はしばらく足元の聖書を見つめた。高鳴る彼の鼓動、その鼓動が部屋中に鳴り響く。そして彼は意を決したように、一歩前に歩み出た。その瞬間、彼は何の躊躇《ちゆうちよ》もすることなしに両足を聖書の上に載《の》せた。

「…………」

時が止まったように無言と残暑の寂寞《せきばく》が部屋の中を支配した。

松島は凍った死体のように聖書に載ったまま微動だにしなかった。ただ彼の唇だけが無限に細かく震えていた。分隊長はそんな彼を凝視した後、小さく頷《うなず》きながら重い口を開いた。

「……寺川、この聖書を後で焼き捨てておけ」

「……はい」

寺川は少し遅れて返事をした。その返事を聞くやいなや、分隊長は松島を振り返ることなく無表情のまま部屋を出て行った。

「…………」

聖書の上で硬直し続ける松島を寺川はそっと抱き寄せ、聖書からゆっくり下ろした。そして足跡のついた聖書を拾い上げ、彼は外に出ようとした。

俺《おれ》は無意識のうちに彼を止めようとした、その時、金太が俺の前に飛び出してきて、

「寺川さん!!」

と、物凄い形相で彼の行く手を遮った。俺も一緒になって金太の援護射撃をした。

「…………」

数秒間、寺川と俺達の睨《にら》み合いが続いた。そして彼はゆっくりと俺達の視線から目を外し、松島の元に近付いて行った。彼は震える松島の背中を見つめながら、足跡のついた聖書を自分の袖《そで》で優しく何度も拭《ふ》いた。そして、

「……松島、死ぬ時はこいつも一緒に連れて行ってやれ」

そう言って寺川は松島の眼前に聖書をそっと差し出した。

「…………」

差し出された聖書と優しい寺川の顔を見た瞬間、今まで、必死で我慢していたのか松島の瞳《ひとみ》から大粒の涙が滝のように溢《あふ》れ流れ出した。

「……ありがとうございます……」

松島はあらん限りの感情を込めて呟《つぶや》き、深くおじぎをした。そして彼はそのまま声を出して号泣し続けた。

「……………」

俺と金太ももらい泣きしながら、寺川に感謝のおじぎを深くし続けた。

薄曇の西日が窓から差し込み、俺達の長い長い人影を作り出していた。そして長い長い一日の終わりを告げるように、夕日は真夏の山の稜線に静かに消えて行った。

陽光爽《さわ》やかに朝の微風《そよかぜ》が頬《ほお》を撫《な》でて過ぎ、蟬の声が夏の朝を盛り上げる。蒼天《そうてん》、宇宙の果てが見えるようだ。

真っ白なマフラーに身を包み、出撃前に戦友達と別れの握手をしている山本、そして松島。寺川と、前川と、竹田と、そして金太と強く握手する山本。

金太は顔の表と裏がわからなくなる程、顔をくちゃくちゃにして泣いている。初めての死に直面した別れという苦い経験が、彼の二十三年間の人生に刻み込まれようとしている。

山本はそんな金太の顔をしばらく見詰め、

「……先に行くよ……」

と微《かす》かな声で呟く。

金太は山本の手を強く握り締め、

「……うん……」

と意味もわからずゆっくり頷いた。

そして山本は最後に、列の後ろに下がっていた俺のところにやってきた。

「………」

山本は笑顔で、それも本当に美しい笑顔で俺を見詰め、突然、俺に抱きつき、強く抱き締めた。強く、強く……。

「……山本！」

俺の気のせいかもしれないが、俺の肩で山本の涙が落ちていくのを感じた。

しばらくして山本は俺の体から手を離した。

その時は満面の笑顔になって、

「……田代君、君達に会えて本当に良かったよ……また平和な平成の時代で会おう……」

「………」

山本は俺を見詰め、俺の返答を待っていた。しかし俺は何も答えてやれなかった。

それでも、山本は俺の言葉をしばらく待っていた。

言えない、何も俺は言えないのだ!!

「…………」

山本はわかったように俺の顔を見詰めながら、何度も笑顔で小さく頷いた、何度も何度も……。

そして山本は踵《きびす》を返し、愛機に向かって行った。

山本と松島は飛行場の中央に静かに待つゼロ戦に颯爽《さっそう》と飛び乗った。

けたたましいエンジン音と共にプロペラが回り出す。

この世に生を得たばかりの赤ん坊のように山本と松島の顔は清々《すがすが》しく爽やかさに満ち溢れていた。

山本の操縦席のそばには徹夜で完成させた論文が。

松島の操縦席には聖書の姿はなかった。

遠くで松島の機を眉《まゆ》一つ動かさず見詰める分隊長の姿。その寂寞とした瞳はうっすらと濡《ぬ》れていた。

突然、山本、松島の二人の顔が、恐ろしいほどに真剣な表情に一変していく。一つの任務の遂行に向かって。

スロットルレバーを入れる力強い手。

高まるエンジン音。

手がちぎれんばかりに、先に行く戦友に訣別《けつべつ》の帽子を振る隊員達。

ぐしゃぐしゃになって泣いている金太。

複雑な思いが俺の心の中で洪水のように渦を巻いている。

二機のゼロ戦が轟々《ごうごう》と爆音をあげて大空に向かって離陸していく。

追っかけるようにいつまでも、いつまでも金太は手を振っている。


……昭和二十年八月十一日、山本勉海軍少尉、松島聖海軍少尉、沖縄沖にて特攻戦死……。


午後。

山本、松島の遺品をみんなで整理し片付ける。

事務的に。

金太は部屋の隅で膝《ひざ》をかかえ、山本の愛読していた『チベットの死者の書　倶舎論』を手にして見詰めていた。

小さな窓から漏れる真昼の日射しを浴び、金太は小さく呟いた。

「……僕、病気が治ったと隊長に言ってくる……」

「………!?」

金太の小さな囁《ささや》きが俺の鼓膜を鋭く突き刺した。

俺は恐る恐るもう一度、聞き直した。今聞いた事が幻聴である事を祈りながら。

「……金太、今、何て言った？……」

金太はゆっくり立ち上がり、今度は言葉を一つ一つ噛《か》み締めるように言った。

「僕、病気が治ったと隊長に報告してきます！」

突然の金太の言葉に寺川や前川達は唖然《あぜん》としていた。

「……お前、それでどうするつもりなんだよ」

俺は体中の血が引いていくような気持ちで金太の答えを待った。

金太は俺の顔を睨《にら》み、そして答えた。

その時間が数千年のように俺には思えた。

「もう一度、特攻編成に組み入れて……」

金太の言葉を最後まで聞く前に俺は反射的に遮り、金太の腕を無理やり摑《つか》んでいた。そして彼を強引に引っ張り部屋を出て行った。

寺川達は何事が起きたのかとあっけに取られて、その場に立ち尽くしていた。

俺は厭《いや》がる金太を無理やり引きずり滑走路の脇《わき》にある砂地に連れて行き、そこで金太を突き飛ばした。

俺は全ての感情を口に集中させ、金太を見据えて怒鳴った。

「いいな金太、自分が感じる以上にいろんな感情が湧《わ》き出てきても、その一時の感情に流されるな、わかったな!!」

「感情なんかに流されていないよ、自分で本当にそう思ったから言ったんだ」

「なんやと!!」

「兄貴、どうして山本さんに生まれ変わりなんかないって言ったの？　山本さんは確信を持ちたかったんだよ。自分自身を納得させて出撃したかったんだよ」

「………」

「山本さん、出撃の前夜、ポツリと言ってた……兄貴だけには自分の気持ちがわかってほしかったって……どうして優しい言葉の一つもかけてあげなかったの」

「お前、死ぬことの意味がわかっているのか!」

「わかっているよ、わかっているから僕も特攻に志願したいんだ」

俺はその言葉を聞いて、いままで我慢していた物が一気に噴火したような気がした。

気がついたら俺はいつのまにか金太の首を絞めていた。

「いいか金太!!　もう一度その言葉を口にしたら、てめえの首をへし折ってやるからな」

息ができなくて苦しがる金太。

「もしそういう思いにかられた時はな、抑えろ、自分の感情を抑えろ、わかったな!!」

俺はその時こいつを本当に殺してやろうと思った。他《ほか》の誰かに殺されるなら、いっそ俺の手でこいつをと……。

その危険を本能的に感じたのか、金太は俺の殺気に満ちた目を見て思わず頷《うなず》いた。

首から手を離す。

呼吸困難で苦しむ金太。

俺はそんな金太を容赦せず仁王像のような眼光で睨み続けた。


窓から西日が強く照り射す夕方、俺はとりつかれたように自分の感情を画用紙に向けていた。

しかし思うように自分の似顔絵が描けない。今、描いている似顔絵は壁に貼《は》ってある田代誠の顔とは赤の他人のように違っている。

うまく書こうとすればするほど筆がいうことをきかない。思わず筆に力が入る、力が……。

気付いたら筆は画用紙の上で真二つに折れていた。

俺はそのままスケッチブックを床に叩《たた》きつけ、画用紙に描かれた似顔絵を思いっきり踏み躙《にじ》った。そんな俺を嘲笑《あざわら》うように見ている奴がいた。

壁に貼ってある田代誠だ。

その顔をしばらく見ていると、嫉妬《しっと》のような敵対心が、徐々に体の奥底から熱く込み上げて来た。

俺は無意識の内にその似顔絵を壁から剝《は》がし、ビリビリに裂いて破っていた。裂かれた紙片は窓からやって来る微《かす》かな微風《そよかぜ》に舞っていった。

「岸田中尉!!」

その一言に俺《おれ》は我に返った。

ふと振り向くと、真っ黒に日焼けした若桜の竹田が、真っ白な歯を浮かせ笑顔で入り口に立っていた。

息を弾ませ、

「……外はいい天気ですよ、寺川中尉達もまだ走っています。岸田中尉も一走りなされたらどうですか。岸田中尉の駿足《しゅんそく》は噂《うわさ》に聞いていますよ」

俺は鼻で小さく笑い、毛布の上にねっころがった。

「……金太を知らないか?」

俺は無愛想に言った。

「金太?」

「福元少尉殿だ」

「福元少尉ですか!……確か海辺の方へ歩いて行くのを見ましたけど……」

「そうか、ちゃんと漫才の稽古《けいこ》をしているのか……」

安堵《あんど》の溜息《ためいき》が思わず出る。

「まんざい? それは新しい操縦法ですか」

「そうだよ。敵もしっぽを巻いて逃げる必殺の技だよ。簡単に言えば、ちょっとした間がコツなんだよな。その間を少しでも外すとそのまま海へ墜落だな」

「間ですか……もしよろしければ私にもその操縦法をご指導していただけますか」

若桜の目はわざとらしいくらいに輝いていた。

「いいよ」

俺はまた鼻で笑いながら軽く返事をした。

「………！」

ふと若桜の目は俺の頭の真上に貼ってある『敵空母必中撃沈』と書かれた岸田の遺書に止まった。

「これは岸田中尉が書かれたのですか」

俺は起き上がり一瞥《いちべつ》する。

「………」

「岸田中尉は私達、予備学生の中でも憧《あこが》れの的《まと》でした。フィリピン戦線でのご活躍はよく座学の時に聞かされたものです……私も特攻隊に採用され、岸田中尉とこうして死ぬまでここで同じ釜《かま》の飯をいただける事に誇りを感じています」

竹田の生気に満ちた笑顔。その美しく澄んだ瞳《ひとみ》の中に底光りする眼光。

「………」

そんな若桜に共通の何か脈打つものを感じる俺は一体何なんだろう。

俺は磁石にひかれるように、夕日が今にも沈もうとしている山の方を窓から眺めた。


一人、堤防に立って夕日で真っ赤に染まった海を見ている金太。

「…………」

突然、手に持っていた漫才の台本を金太は海に投げ捨てる。

海水に溶けるように沈んでいく台本。


その夜、俺と金太は離れて飯盒《はんごう》めしを食べた。二人の間には会話は一言もなかった。

寺川、前川、竹田は消灯前に分隊長に呼ばれ出て行った。

そしてまた一日が静かに終わる。


八月十二日、快晴。

俺は一人で堤防に立ち、海風に逆らうように大声を出しながら漫才の稽古に励んだ。

一方、金太は水洗い場で飛行服を、石鹸《せっけん》で精魂込めて手洗いをしている。

金太の飛行服を見詰めるその瞳は、妙に底力を感じさせた。

掩体壕《えんたいごう》に隠蔽《いんぺい》されたゼロ戦の操縦席に入って竹田は操縦桿《そうじゅうかん》を握っていた。

前川は翼の上に立って急降下の操縦法を身振り手振りで教えている。

いつになく力を入れて。

竹田にとっては彼の一語、一語がまるでダイヤモンドのように思える。


一人部屋にこもり寺川は便箋《びんせん》に筆を執っていた。

便箋を見詰めるその眼差《まなざ》しは、彼の人生の全てを超越したような力強さがあった。

彼の脇には飛行服、飛行帽、ライフジャケット、そして真っ白なマフラー等がまるで神前に祭られてあるように奇麗に畳まれてあった。

『……命ぜられれば日本人です、ただ成功を期して最期の任務に邁進《まいしん》するばかりです。私はこの美しい故郷を、侵すものを撃たねばなりません。あの空、あの海に必ず死んだ母や祖母が私を迎えて下さるでしょう。だから私は悲しみません、恐ろしいとも思いません。ただ残る父上や妹の幸福を祈って止みません……』

寺川は便箋を一枚ゆっくりと捲《めく》った。

『ただ……父上への最大の親不孝は、父上を一度も、お父さんと呼ばなかった事です。しかし私は最初にして最後ですけれども、突入寸前に、口に……』

筆が止まる。しばらくして、彼は何かを断ち切るようにそのページの便箋を破り、また筆を執った。

『それでは皆様お元気で、さようなら。隆二』

寺川はしばらく苦い感傷の中に浸りながら便箋を見詰めていた。

そこへ俺はネタを独り言のようにブツブツと言いながら、部屋の中に入っていった。

寺川は俺の気配を感じるやいなや、短時間の内に便箋を定規であてたように正確に折り、封筒の中にしまう。

そして手元にある飛行帽などの備品を真っ白な布で丁寧に磨き始めた。

「あれ、寺川、何をしているの？」

「…………」

隠した封筒に目がいった。

寺川は俺の視線に気付いたのか、さらに封筒を俺の視線の届かぬところに隠す。

「何それ？　お手紙……どうして隠すの？」

「…………」

「あ、もしかしたらあれか？」

「何だよ」

「ラブレターか、その……昔風に言うと恋文というやつだな」

寺川は呆《あき》れて大きな溜息をついた。

「結局お前もなんやかんやといいながら、好きなんだから……相手はどこの誰だよ。この近くの女子高校生か、それとも熟れた人妻だったりして」

俺はバカみたいに一人で興奮していた。

「何をバカみたいなこと言っているんだよ……遺書に決まっているだろ」

「遺書!?……どうしてお前が自殺なんかしなければならないんだよ。何か行き詰まっているのか？」

「自殺？……貴様はまだそんなことを言っているのか。出撃の前に家族に遺書を書くのは当り前だろ」

「…………？」

寺川は俺の顔を見て、軽く笑い、

「……俺にもやっと出撃命令が出たんだよ」

「出撃命令って？……まさか」

「そうだ、明日早朝、敵艦目がけて飛び立つんだ」

「敵艦目がけてって、じゃ、お前も爆弾かかえて突っ込んでしまうのか」

「あー、そうだ」

「……でも今朝の点呼の時、分隊長からそんな話は何も出なかったぞ」

「搭乗員も残りわずかとなって直接本人に伝達することになったらしい。だから前川も竹田も明日は一緒に出撃する」

「一緒に出撃するって、お前、自分の言っていることがわかっているのか！　みんなで遠足に行くのとはわけが違うんだぞ」

「当り前だ、そんなの百も承知だ」

「百も承知だと？　よくもそうしゃあしゃあと軽く言えるな。億も承知しても俺にはお前らの頭の構造がわからないよ!!……今、こうして動いているお前の体が明日の昼には木っ端微塵《こっぱみじん》になるんだぞ、その目も鼻も足も手も内臓もバラバラになって吹っ飛ぶんだぞ。そこまでして、どうしてお前達は死ぬ必要があるんだよ。なぜそんなに死を急ぐんだよ!!」

「それが俺達、特攻隊員の任務だからじゃないか」

「任務!?　何が任務だ。こんなの上から押し付けられた強制的な任務じゃないか。死んで行った山本達だってそうだよ」

急に寺川の眼光が鋭く変わった。

俺も負けじと寺川の目を睨《にら》み返す。

俺達がガンタレ合っているときに金太がこっそり入ってきた。

「何を言う!! 今の祖国を救うには一人千人をも殺しうる体当り攻撃しかないと思ったからこそ志願したんだ」

「嘘《うそ》だね、強制的だね」

「志願だ」

「強制的だ」

「志願だ」

「嘘だ」

「志願だ」

「嘘だ！」

「し、が、ん、だ!!」

「ウソッケー!!」

俺は自分の手の骨が折れるほど机を思いっきり強く叩《たた》いた。そして、更に俺は大声で怒鳴った。俺の唾《つば》が寺川の顔面にかかるほど急接近し、

「……お前な、もっと素直になれよ……女、好きだろ、思いっきり一晩中抱きたいだろ。結婚してガキの一人でも作って……男の夢追っかけて、力いっぱい生きていくのが男のロマンと違うのか。それが俺達、若者の特権だろ……肉体がバラバラに吹っ飛ぶのがお前達の青春なのか!?……何が天皇万歳だ、何がお国の為だ、そんなものクソくらえだ!!」

俺《おれ》は興奮し激昂《げっこう》した。そして勢いにまかせ、奇麗に折り畳まれた彼の飛行服一式を床に思いっきり投げ捨てた。

「貴様!!」

寺川の怒りの鉄拳《てっけん》が俺の顔面を直撃した。

俺は一瞬、何が起きたか、わからなくなったが、気付いてみると鼻血を噴き出したまま数メートル先の床に吹っ飛ばされていた。

呆然《ぼうぜん》としながら寺川の方を見ると、兎のように目を真っ赤にしてこちらを睨んでいる。

「……貴様の口からそんな言葉が出るとは思わなかったよ」

寺川はその怒りの視線を床に下ろし、散らばった飛行服、マフラー、手袋などを丁寧に拾い始めた。埃《ほこり》を優しく払いながら。

その後ろ姿から見える小さく丸まった寺川の背中を見ていると、何とも言えぬ寂しさが俺を襲ってきた。

そして寺川はポツリ、ポツリと小声で喋り始めた。

「……貴様がまだ正常だった時……俺が特攻に志願するか、しないかで悩んでいた時、貴様はこう言ったんだよ……母や父や兄弟や愛する人達が、目の前で殺されて行くのを指をくわえて黙って見ているのか……命を張って助けるのが人間じゃないのかって……だから俺は喜んで志願するんだ。恨むならこういう時代に生まれたことを恨もうなって……」

「俺がそんなことを……」

いや違う、それは岸田が言ったんだ、俺じゃないんだと、俺は自分に言い聞かせた。

「……俺だって、明日の昼には、もうこの体がなくなっているなんて信じられないよ……でもこの不利な戦況の中で、この俺のこんな小さな命で日本を勝利へと変えられるならば、自分は喜んで突っ込んでいくよ……」

寺川は飛行服をもう一度、奇麗に畳み直し、しばらく俺に背を向けたまま佇《たた》ずんでいた。背で俺を感じながら。

そしてそのまま何も言わず、部屋を出て行った。

俺は床にしゃがんだまま動けなかった。それは別に寺川の鉄拳が効いたためでなく、寺川の気持ちをわかろうとしたもう一人の俺がその場から動けなくさせていたのだ。

そして入り口の陰では息を殺して泣いている金太がいた。

夕方、金太は一人で毛布の上に物思いに耽《ふけ》りながら座っていた。

何を思ったか金太は福元の私物箱を開けた。

中から福元が使っていた日用品や髪の毛等が出てくる。

金太はそれらを一つ一つ手に取り、不思議な思いで見詰めていた。

まるで今まで自分が大切に使っていたように。

そしてその中に一枚の白黒の写真を見付けた。大事そうに写真入れに納められて。

「……………!!」

その写真を一目見て金太は唖然《あぜん》とした。

信じられないようなまなこで写真を見詰め続けた。

写真には福元と仲良く写っている幼い女の子の姿があった。裏を見ると『昭和十九年、四月二十一日、実家にて妹の貴子と』と書かれてある。写真を持つ手が細かく震える。

金太はその写真をそっと胸に抱き寄せ、西日の射す窓から外の景色を見遣《みや》った。

木陰では寺川が子犬のチビに残飯を与える姿があった。

チビを優しく見詰める寺川の眼差《まなざ》し。

そしてその彼を見詰める金太の眼差しも同じように優しさに溢《あふ》れるものだった。


消灯ラッパが鳴り響き、隊員達は明日なき明日に向かって眠る。

俺の頭の中で様々な思いが駆け巡った。駆け巡り過ぎるぐらい駆け巡る。

俺の大脳はもう渋滞で飽和状態だ。

隊員達が寝静まり、俺もうとうとし始めたその時、一人の影が俺を覆った。

「…………!?」

反射的に目を開けると、一人の男の挑戦的な視線が俺を突き刺していた。

ほそぼそと霞《かすみ》を破って月の光が俺達二人にスポットを浴びせている。俺は黙って準備運動をしていた。

その隣で寺川は足で滑走路にスタートラインの線を引く。

「俺は明日死ぬ。しかしその前に百メートル走で貴様と決着をつけたい。必ず貴様に勝つ!」

そう言って寺川は百メートル先のゴールに決意の視線を向けた。

ゴールに置かれた白いマフラーが月の薄明かりを浴び、ぼんやりと白色に輝いている。

「…………」

俺は黙ってスタートラインにつく。

十本の指先が大地につく。ゆっくり顔を上げゴールを見る。

心の奥底から何かメキメキ燃え上がるものを感じる。初めは俺みたいな鈍足と勝負しても何の意味もないのに、それでも寺川の気がおさまるならと思った。

しかし今はなぜか違う、遠くに見えたゴールが近くに見える。

寺川も黙ってスタートラインについた。彼の緊張感が波をうって俺にも伝わってくる。

二人揃《そろ》って大きく深呼吸する。

二人の視線はゴールに注がれた。

……一瞬の静寂……。

声を揃えて、

「ヨーイ、スタートッ!!」

俺と寺川は同時にスタートダッシュした。

全ての力を振り絞り走る寺川。

俺はどんどん差を付けられていく。

「…………」

しかし俺の先を行く彼の背中を見ていたら、どこからか猛烈なライバル心というか闘争心がフツフツと湧《わ》いて来た。

抑えようにももう誰にも抑えられないこの闘争本能。

俺の体中に雷のようなエネルギーが放電する。

ふと気付いたら寺川との距離はどんどん縮まっていく。

体から湧き出る無尽蔵のエネルギーが俺の足を駆走させる。

走る、走る、走る……。

俺と寺川は一直線に並んだ。

寺川の驚きと焦りの横顔が視界に入る。

これでもかと思うくらいに寺川は全速で疾走する。そして無我夢中で疾走する彼の口から唾《だ》液《えき》がこぼれる。それでも彼はなりふり構わず息が止まるまで疾走する。

そんな彼を吹っ切るように俺は彼を追い抜いてしまう。

俺は力を緩めずそのままゴールした。

その時初めて自分の成し遂げた偉業に驚愕する。

この俺が、駆け足が苦手だったこの俺が……。

ふと後ろを振り返り、その男に視線を向けると、倒れ込むように四つん這《ば》いになり荒い呼吸をしていた。まるで内臓を全部、吐き出すくらいの勢いで。

それから彼は力が抜けたように大地に大きく腰を下ろし、その大地を拳《こぶし》で何度も叩《たた》きながら男泣きをした、大声を出して。

明日なき男に俺は何という仕打ちをしたのかと、今さらに自己嫌悪に陥る。

他人事《ひとごと》のように同情の視線を注ぎながら俺は静かに彼に近付き、そっと手を差し伸べた。

彼は横目で俺を見て、そのまま大地に居座った。

差し伸べた手をしばらく自分で見遣って、ゆっくり元に戻した。

俺はそのまま彼のそばに腰を下ろした。

しばらく沈黙の会話が続いた。

そして彼から俺《おれ》の方に視線を向けてきた。

「……岸田、貴様にあやまらなくては……」

「………？」

「俺は今日まで貴様達を疑っていたんだ。急に死ぬことが怖くなって、二人で芝居をしているんじゃないのかってね」

「………！」

「でも俺がぶん殴った時の貴様の真剣な目を見て安心したよ。あれは嘘《うそ》をついている目じゃなかった」

「……寺川……」

「俺はな……子供の時から何をやってもだめな人間だった。誰も俺を必要となんかしなかったんだ。だからぐれたりもした。でも、今、時代は俺を必要としている。こんなちっぽけな俺でも、もしかしたら歴史を変えられる力があるんじゃないかってね」

寺川はゆっくり立ち上がる。

「岸田、早く病気を治せよ……山本や松島や米谷達とみんなで、天国で待っているからな」

「なあ寺川……俺を何度ぶん殴ってもいいから、俺の言うことを聞いてくれ。俺達と一緒に逃げよう。お前を無駄死にさせたくはないんだ……歴史なんか変わらないよ、日本はな……日本はアメリカにまけ……」

「岸田‼」

寺川は俺を遮った。

「……岸田、もう寝させてくれよ……俺にとって最期の夜なんだ。ゆっくりいい夢でも見させてくれよ」

「…………」

寺川は踵《きびす》を返して行こうとしたが、背を向けたまま立ち止まった。

「岸田……負けないでくれて、ありがとう……」

そして二度と振り返る事なく寺川は夜の帳《とばり》の中へ消えて行った。

俺は何もできない自分の無力さに、何度も何度も地面に頭を叩きつけた。

俺はその夜、兵舎に戻らず、いや……戻れず、浜辺で朝を迎えた。

朝露が俺の顔を洗う。

東の空はほのぼのと明けていく。

そしてまた今日が始まろうとしている。寺川達にとって最期の一日が……。

隊員達に盛大に見送られ颯爽《さっそう》と寺川、前川、竹田はそれぞれの愛機に乗り込んだ。

前川はかっこう良く手を振り笑顔で応《こた》えた。その笑顔には死への恐怖等は微塵《みじん》も見られなかった、むしろ清々《すがすが》しささえ感じられた。

前回、出撃の寸前で敵グラマンに愛機を葬られ、戦友の関戸達の壮絶な死を目《ま》の当たりにした前川にとって、今回の出撃は起死回生とでもいえるのだろうか。もっとも死を覚悟した特攻隊員の彼らにとって起死回生という表現は変なのかもしれないが。

一方、初の出撃が特攻出撃となった若桜の竹田にとっては、死への恐怖というよりは、今はいかにうまく戦闘機を操縦するか、もうそのことで頭がいっぱいなのであろう。

そして冷静に我に戻り、自分の人生を顧みる時にはすでに愛機は火を噴き、真一文字に敵艦に突進しているであろう。

エンジンが一斉にかかり、三機のゼロ戦のプロペラが回り出す。

轟々《ごうごう》と轟《とどろ》き渡る爆音が飛行場の大地を揺るがす。

列線につく、一番機、二番機、三番機。

エンジン音が高鳴り順次に滑走体勢に入る。

その時、突然、二番機の前川の愛機が「プッシュー」という鈍い音と共にエンジンが不調を訴えた。そして、見る見る内にエンジンの回転数がゼロに向かって激減しはじめた。そして数秒後にはあのけたたましい爆音は全く聞かれなくなり、完全に停止してしまった。後はエンジンの生暖かい温風だけが風防に漂ってくるだけであった。

「………!!」

その生暖かい温風が前川の頬《ほお》を撫《な》でて過ぎて行く。

〝なぜだ!!〟

あらゆる経験を超越した衝撃が彼を襲う。

信じられないような顔をして懸命にスターターボタンやスロットルレバーを何度も入れ直す。

何度も、何度も……。

思い付く限りの手段を試みる。

……無情にも停止したままのエンジン。

そんな前川を横目に滑走体勢に入る寺川の乗った一番機、そして竹田の乗った三番機。

一瞬、前川は竹田と目が合う。

「…………」

挙手の敬礼をし、竹田は死への出撃に向かう。

二機のゼロ戦はもうもうと砂塵《さじん》を上げ猛スピードで滑走して行く。

寺川と竹田の乗った機は次々に真っ青な大空に舞い上がっていた。

無念の涙を流しながら動かぬゼロ戦の中で彼らの出陣を見守る一人の義士、前川。

浜辺でたたずむ俺の頭上を二機のゼロ戦が低空で飛んで行く。

寺川の機がまるで俺に別れを告げるように両翼を上下に揺らしてバンクした。

「………！」

俺は無意識の内に直立不動のまま挙手の敬礼をして英霊達を見送っていた。

二機のゼロ戦は朝日に照らされた暁雲に消えて行った。

……海の向こうで『お父さ――ん』と寺川の叫ぶ声が、聞こえてくる……。

……昭和二十年八月十三日、寺川隆二海軍中尉、竹田昌司海軍二等飛曹、九州東南沖にて特攻戦死……。


「誰だ、無許可で、それもあんなムチャな飛行をしているのは!?」

太田飛行隊長は窓から空を見上げた。その隣で山田分隊長も同じように空を見上げた。

「…………」

前川が真っ赤な顔して、やけくそになって操縦桿《そうじゅうかん》を握っている。操縦席の脇《わき》にはほとんど空になった日本酒の一升瓶が無造作に転がっている。爆音を発し、飛行隊長室のある屋根の上をぎりぎりにかすめて飛んで行く。その衝撃波で数枚の窓ガラスが割れる。

頭を両手で防御しながら隊長は怒鳴った。

「後で始末書を書かせろ……当分、飛行禁止だ!!」

「…………」

分隊長は怒りの表情で自分の部下の飛行を見詰めた。一瞬、見せる彼の淋《さみ》しげな横顔は、同じ飛行機乗りとして、前川への同情からくるものなのだろうか。多くの同期や部下を亡くし、今なお生きている自分への罪悪感、そんな思いが分隊長の脳裏をかすめる。

その時、ドアをノックする音がする。

「……誰だ!!」

と分隊長は空を見上げたまま答えた。

「福元少尉、入ります」

「…………!!」

その言葉は彼らの耳を驚かせた。ドアを開け入ってくる金太。その真剣な顔。驚きの表情で隊長と分隊長は振り向いた。

夕方。

空襲警報が夕闇《ゆうやみ》の空に響き渡る。B29から大量の爆弾が滝のように投下される。

空が更に真っ赤に燃える。

防空壕《ぼうくうごう》の中で息をひそめる残りわずかとなった搭乗員達。

防空壕の隅で金太は耳を押えて一人で淋しく震えている。

そんな彼を、俺《おれ》は子犬のチビを抱きながら少し離れて座って見守っていた。

あの日以来、俺と金太との間にはほとんど会話はなかった。なぜかわからない。とにかく俺達二人の間に初めて何かしこりみたいなものができたのは確かである。

しかし、なんだかんだと強気な事を言いながらも、やっぱり金太は金太である。俺の腕の中で震えているチビと同じように、至近弾が落ち大きな振動が起こるたびに、金太は震えが高まり小さな悲鳴を漏らしていた。

そんな金太を見ていたら、俺は居ても立ってもいられなくなってきた。

こいつが不完全な人間であればあるほど、俺が必要なのである。そして同じように俺にも金太が必要なのだ。

俺はなんの躊躇《ためら》いもなしに、そっと金太のそばに近付いた。

大きな爆音がし、上から土埃《つちぼこり》が降ってくる。

金太は咄嗟《とっさ》に俺の胸に飛び込んできた。それが無意識なのか意識的なのか、俺にはそんなことはもうどうでもよかった。

俺は細かく震える金太の肩にそっと手をかけてやる。

俺はこれでいいと思った。

これが本当の俺達なんだから、これが本当の今世紀最高の漫才コンビ、キンタマーチャンズなんだ……。

爆音も静まり、空襲警報が解除される。

外では煙や火薬の匂《にお》いがまだ生々しく残っていたが、先程の耳をつんざくような爆音はもう嘘《うそ》のようになく、逆に蛙やこおろぎの鳴き声が充満していた。俺と金太は防空壕の高台に登り、そこにゆっくりと腰を下ろした。

金太はポケットから数個の豆を取り出し、その半分の豆を俺の手のひらにそっと載せた。

「…………」

俺は軽く笑顔を返し、一粒を口に入れた。

その豆は金太の体温で生暖かったが、本当に懐かしい味がした。

俺の満足な顔を見て、金太も軽く微笑《ほほえ》む。

いつのまにか夜空一面は無数の星で埋まっていた。

金銀に輝く星。都会で見る星とは違い、星から発せられる無数の閃光《せんこう》まで手にとるようにわかる。

金太は口を開けたまま夜空を見上げ、

「……兄貴、星空ってこんなに奇麗だったんだね。今まで星なんていつでも見られると思っていたから、気にもかけなかったよ」

「…………」

微風《そよかぜ》が二人の頬《ほお》を優しく撫でて通り過ぎていく。

「兄貴、寺川さん達、もう死んじゃったのかな」

「……さあね」

「敵の艦《ふね》に体当りできたのかな……やっぱり死ぬ時って怖いんだろうな」

「さあね」

「……寺川さん、童貞だったのかな」

「さあね……でも、よく考えてみたら、女も知らないで短い一生を終えるなんて、神様も本当に残酷だよな……」

「ねえ……女の人ってそんなにいいの？」

「あー、女はいいぞ。柔らかくて温かくて、そうだな……女に抱かれている時というのは……まるで子供の時に母親に抱かれているような感じだなー」

「へー、そんなにいいんだ……僕も女の人、抱いてから死にたかったな」

金太は羨望《せんぼう》の眼差《まなざ》しを星空に向けた。

「どういう意味だよ」

「えっ……別に意味はないよ」

「心配するなよ、金太。俺がそのうち腐るほど女を抱かしてやるからな。もうバリバリの金髪からワンレンボディコンのいけいけギャルから……」

「でも兄貴、よく考えてみると僕達の時代って本当に平和だったんだね」

「……そうだよな」

「だけど、平和過ぎて自分というものが見えなかったよ。平和過ぎるから平和じゃなかったのかも知れないな、平和って本当に何なんだろうね」

「………」

突然の金太の哲学的な話に戸惑いを感じながらも俺は納得していた。

「ねえ兄貴、山本さんの言ってた輪廻《りんね》の話信じる？」

「………」

信じたいけど、今はその話には触れたくはなかった。

「僕は信じたいな」

すかさず、俺は話をそらし、

「それよりこれから俺達どうするかだな」

二人は長い沈黙に入った。

その間、自然の交響楽団が俺達の耳を楽しませてくれる。

風の音、虫の声、川のせせらぎ、樹木のざわめき、星の降る無音の音……生きている、俺達は生きているんだという実感がいやという程、俺達を襲ってくる。

そしてお互い、何かを感じたように顔を見合わせ、無言で会話した。

突然、立ち上がり、打ち合わせしたように兵舎に向かって全速力で走った。

前川を一人前にして、俺と金太は漫才をした。
金太はいつも詰まっていたセリフを見事に喋《しゃべ》りまくる。
俺はそんな金太に戸惑いと驚異を感じながらも、その絶妙な喋くりと間に酔いしれた。
前川は人生の悲しみ、悲哀全てを忘れ笑う。抱腹絶倒する。笑う、笑う、笑う。
その笑いを受け、俺達の漫才も笑う。金太が笑う、俺が笑う、笑う、笑う、笑う。
俺達は興奮しあい、全身に鳥肌が立つ。その鳥肌までも笑う、笑う、笑う。
今までで最高の漫才であり、最高の瞬間である。
たとえ観客が一人でも何万人の観衆であろうとも、もう俺達には関係ない。
俺と金太のボケとツッコミがあればもう怖いものはない。
俺と金太だけのコンビ、俺と金太だけの間、俺と金太だけのギャグ。
チャップリンもキートンも桂春団治《かつらはるだんじ》も、誰もまねできない俺と金太の漫才。
生きている、ほんまにこの瞬間、俺達は生きているんや!!
もう誰にも止められないこの笑い、このギャグ、このセンス。
永遠に続きそうな俺と金太の漫才。

もう誰も止められない……。

その日の消灯前、俺は機嫌良く鼻歌を歌いながらベッドメークをしていた。その横で金太は真剣な顔して荷物の整理や飛行服の手入れをしている。

金太はふと手を休め、

「ねえ兄貴、山本さんや寺川さん達、今どこにいるのかな」

唐突な質問をする奴だ。

「決まっているだろ……海の底だよ」

「そうじゃなくて、彼らの魂だよ、永遠の……多分どこかでまたこの世に生まれてくるのをじっと待っているんだね。今度こそ、平和な時代に生まれてくるといいね」

「何をメルヘンチックなこと、言っているんだよ……それよりお前、さっきから何をやっているんだよ」

「……」

金太はまた黙って作業を続けた。

「おい、聞こえないのか。そんなに飛行服を奇麗にして一体どこへ行くつもり……!!」

その瞬間、俺の体の中を戦慄《せんりつ》が走った。俺は必死でその戦慄と闘おうとしたが、もう遅すぎた。俺《おれ》は崖《がけ》から身を投げる思いで金太を問い詰めた。

「……お前、まさか隊長に……」

金太はゆっくり頷《うなず》いた。

「…………!!」

「僕、明日早朝、特攻に行きます」

その言葉が俺の心臓をえぐる。ヘビーパンチで足元が崩れていくのを感じた。しかし俺は気力で立ち上がった。

「どうしてお前、そんな事を!! あれほど俺が言ったのに、お前はまだ……」

「お母ちゃんのためだよ!!」

金太は俺の怒りを遮る。

「…………?」

胸のポケットから一枚の写真を出し、俺に渡した。

「僕の、いやもう一人の昔の僕、福元少尉の妹さんの写真だよ、その子の名前、貴子っていうんだ。福元貴子……僕のお母ちゃんの結婚する前の名前だよ」

「…………!!」

「つまり、僕の前世の妹が大きくなって産んだ子が僕だよ。その写真、お母ちゃんの子供の頃の顔だよ、間違いないよ」

俺は愕然《がくぜん》としたが、ここで引き下がるわけにはいかず、意識朦朧《もうろう》としながら攻撃を続けた。

「だからといって、どうして、お前が特攻に行かなくてはならないんだよ」

「僕の体で敵からお母ちゃんを守るんだ。僕を産んでもらうためにも。バカな僕ができる最初で最後の親孝行だよ」

「バカ、考え過ぎだよ」

「それに山本さんや寺川さん達だけ死ぬのは不公平だよ」

俺の怒りは最高潮に達し、残りの人生で使うだけの怒りのエネルギーをここに結集させた。

「バカ!! お前はいつになったらこの俺を安心させてくれるんだよ、このバカ!! まぬけ!! アホ!! のうたりん!!……」

「今度ばかりは僕一人で決めたことだからね。兄貴がなんと言おうと僕の気持ちは変わらないよ、たとえ何百発、殴られても……」

「……日本一のバカ、バカ、バカ、バカ、バカ、バカ、バカ……!!」

腹の底から俺は叫ぶ。突然、金太は俺の胸倉をつかみ、それ以上の大声で叫び、俺の怒りをねじ伏せる。

「兄貴!! たとえ殺されても俺は行くからね!!……これは自分の任務です」

そのKOパンチが俺を永遠に葬った。そしてもう二度と立ち上がることはできなかった。

金太の真剣な眼差《まなざ》し。その瞳《ひとみ》の奥はもうあの金太ではなかったのだ。

「…………」

俺はまるで手錠を外すかのように、胸倉をつかんでいる金太の手を、一つ一つ解きほぐし、払いのけた。そして操り人形の糸が切れたように俺はそのまま椅子《いす》に座り込んでしまった。

月が黒い雲に隠れ、雨がポツリポツリと降り始める。

もう俺を邪魔する俺はもういない。俺の心は真っ白だった。

「……お前もいつかそう言ってくると思ったよ」

「……兄貴……」

「俺もな、ここ数日は毎日毎日、俺ともう一人の自分との戦いだったよ。でももう俺、疲れたよ……」

「…………！」

俺は本当に疲れた。静かに眠りたかった。

「……お前もわかっているだろ、日に日にこの体の中の俺達の影が薄くなってるのを」

「……うん」

「歴史がそうさせているんだよ……もしこのまま俺達が生き延びたら、三十数年後には金太と俺が生まれてくる。そうなると俺達がそれぞれ二人いることになるからな……それじゃ、歴史が成り立たないんだよ。俺達二人はいつかは消える運命にあるんだよ……それだったら、今この体……」

「…………」

「……元の彼らに返してやろう」

「えっ？」

「よく考えてみると、俺達はあの時、トラックにひかれて死んでいたのかもしれないんだ。それが、二週間も余分に生きることができたんだ……今、生きている俺達の運命は俺達のものではないんだ。俺達の前世の岸田、福元、両特攻隊員のものなんだ。だからいつまでも俺達のわがままを押し通すわけにはいかないだろ、この命は彼らのものだ。だから……元の彼らに返そう」

……これでいい、これでいいんだ。

「そうだよ、彼らは逃げたりはしない。彼らなら愛する人達を、体を張って守り通すよ。だから……」

「金太、本当にいいのか」

「この体は滅びても、僕達の魂は永遠に不滅だよ。またどこかで兄貴に会えるさ、きっと。山本さんや寺川さん達にもね……死は新しい生への始まりだよ」

「……有名な漫才師になれなかったけど、また今度生まれ変わる時、俺達の夢、実現しような……上方お笑い名人大賞、たとえ何千年かかってもな」

「ん、でも僕は何でもいいからまた兄貴と巡り会うだけでいいよ」

「……必ず会えるよ」

「兄貴のこと、絶対に忘れない」

「……金太」

「……兄貴」

もう俺は涙で霞《かす》んで金太の顔が見えなかった。

俺達はしばらくの間、見詰め合い、そして抱き合った。

きつく、きつく……。

金太と俺、それは誰も邪魔することのできない永遠のコンビ……。


八月十四日、快晴。

朝日が窓から射し込んでいる。

俺と金太は黙って毛布を畳み、飛行服に着替え出撃準備をしていた。

前川は写真機を抱え黙って毛布の上に座っている。

重々しい空気が漂う。

金太と俺との間には会話はない。いやもう必要はなかった。

山田分隊長が静かに俺達を呼びにくる。

しばらく無言で分隊長を見詰め、一礼して俺と金太はその部屋を後にした。

「………」

前川は最後まで目を合わせず黙っている。

分隊長は、彼の元に近寄りそっと肩に手を置き、出て行った。

「………」

空は透き通るような晴天。昨夜の雨に濡《ぬ》れた野や山の緑を一層、鮮やかに浮かび上がらせる。

俺と金太は純白のマフラーに首を埋め、血書の鉢巻を頭に巻き、別れの盃《さかずき》を交わす。

「岸田中尉」

「福元少尉」

「以上二名の者、八月十四日、0600、只今沖縄に向け特攻出撃をいたします」

太田飛行隊長は、静かに頷《うなず》き敬礼する。

俺と金太は機敏な動作で、それぞれの愛機に乗り込んだ。

機上の人となった瞬間、もう俺は俺でなくなっていた。

「………」

ゆっくりスターターボタンを押す。爆音を発しながらエンジンがかかりプロペラが回り出す。

手足が勝手に動き、慣れた手付きで操縦する。

隣の機の金太をちらりと見た。滑走路を見詰める目はもう金太ではなくなっていた。

車輪チョークを外すように村瀬整備員に合図する。
白旗が振り降ろされる。
「…………」
ゆっくり動き出す二機のゼロ戦、ひときわ高く唸《うな》るエンジン音。
訣別《けつべつ》の帽子を振る隊員達。そして涙でいっぱいの前川。
スピードを増すゼロ戦。
操縦桿《そうじゅうかん》を力強く引く。
二度と帰ることのない大地から車輪が離れる。
余韻の砂塵《さじん》を巻き上げながら。
二機のゼロ戦は太陽が煌々《こうこう》と輝く蒼天《そうてん》に翔《か》け昇っていった。
……空白の時間があっという間に過ぎる。
前方の雲が晴れ、視線を眼下の海原に向ける。
「…………！」
無数の敵艦隊が悠々と航行している。
同時に一斉に火を噴く艦砲射撃。
俺は金太の機に目をやる。金太も俺の方を見ている。

俺は無言で頷いた。

金太も頷き返す。そして挙手の敬礼を交わす。

それから金太は視線を敵空母に絞る。その純粋なまでに真摯《しんし》な横顔。

それが俺の見た金太の最期の姿だった。

操縦桿を一気に倒す。愛機は唸り声をあげ急降下する。

雲霞《うんか》のごとき敵艦の弾丸飛雨の中、二機のゼロ戦は真一文字に敵空母をめざし直進特攻していく。

黒煙と爆発の閃光《せんこう》が目の前に広がる。敵砲の衝撃波が次々と襲ってくる。

俺は全てのエネルギーと筋力を操縦桿に結集させる。

もう死への恐怖などなく、今は一ミリでも敵空母に近付けることしか頭にない。

敵機銃の数発がエンジンに着弾し真っ赤な炎をあげる。

内臓をえぐるような振動が俺を襲う。風防に真っ黒なオイルがへばり付く。

噴き上がる炎で操縦席内の温度が上昇する。

もう操縦桿も利かず、後は運を天にまかせ、火だるまになって落ちて行くだけ。初めて死を意識する。

意識朦朧《もうろう》としながら一瞬、煙塊の隙間《すきま》から片翼をもぎ取られ、錐《きり》もみ状態で炎に包まれながら空母に突進していく金太の機が見えた。

「金太……!!」
次の瞬間、海面が俺《おれ》の目の前に迫った。
俺は腸《はらわた》がちぎれんばかりに遺恨の叫び声をあげた。
「ウォォォォォ……!!」
テレビのスイッチが切れたように、俺の目の前は一瞬にして真っ暗になった。
真っ暗に……。
波の音。
心臓音。
赤ん坊の泣き声。
まるで母胎内のように……。
某病院の集中治療室。
微動な波を打っている二つの心電図。
ベッドに酸素マスクをして寝ている兄貴と金太。
以前の顔に戻ったままで。
窓から射し込む日の光。
突然、皓々《こうこう》と光が増し、兄貴の体を包み込む。

その瞬間、微《かす》かに動く兄貴の体。

同時に激しく波打つ兄貴の心電図。

その異変に気付き慌ただしく動く看護婦、そして医師達。

……〝ツ――〟という無機質な音と共に、一直線を描く片方の心電図。


周りの樹木は紅葉しはじめ、秋風が落ち葉を運んで来る。

遠くには超高層ビルが見える。

そしてこの高台から見える海、何も語らない海。

沈黙という便利な言葉に助けられ、今日も青い海原は静かに波打つ。

俺は今、お墓に向かって手を合わせている。永遠の友のために。

墓石には『袋金太、平成十三年八月十四日、ここに眠る』と書かれてある。

俺はもう数時間もその墓石に無言の視線を遊ばせ無言の会話をしている。

しかし俺はいつまでもこの墓石の前にいるわけにはいかない。もちろんここに住むわけにもいかない。いつかこの墓石とも別れなくてはならないのだ。

でも金太は俺の心の中で生きている。いやあいつのことだから、この青空のどこかで次に生まれてくる母胎をてぐすね引いて待っているのかもしれない。俺も与えられた余生を精一杯生きなくてはならない。時間はないのだ。

漫才師として金太との夢を実現させるためにも、今与えられた人生を燃焼させなければならない、と、いろいろ自分に言い聞かせながら立ち上がった。そして大きく深呼吸をし、金太の墓石に背を向け離れた。

俺は一人で松葉杖をつきながら海の見える丘をゆっくり降りて行った。瞼《まぶた》の裏に熱いものを感じながらも、なぜか爽《さわ》やかな気分に包まれて。


……兄貴は無言で長い坂道を下って行った。

そんな兄貴から少し離れた所で、墓の周りを掃除している一人の老人の姿が……。

あの神父さんであった。手には古びた聖書を持って、あの松島が出撃前に残していったあの聖書を。

彼は並んだ墓石を一つ一つ、いとおしそうに無言で眺めている。その恍惚《こうこつ》の横顔。

墓石にはあの山本、寺川、松島、関戸、米谷の英霊達の名前が刻まれてある。

その横には自決した太田飛行隊長の名前が。

線香の煙が大空に舞っている。

一人の老人……それは五十六年後の山田分隊長の姿であった。

しかし、兄貴はその老人に気づかず、そのまま通り過ぎて行く。そして二人の距離はどんどんと遠ざかり、兄貴の姿は丘の稜線の向こうに消えて行った。

落ち葉でできた彼の足跡を秋風が静かに消して行く。

……ジャンボジェット機が、轟音《ごうおん》を発しながら上空を悠々と飛んで行く。

秋晴れの青空に一直線の飛行機雲を残しながら。

了

あとがき

この『ザ・ウィンズ・オブ・ゴッド』が生まれて13年、この作品なしに自分の役者生活は語れません。

1991年には初めての海外公演を行ったロス・アンジェルス、1992年〜1999年の間、5度に亙《わた》る公演を行ったニューヨーク、真珠湾攻撃60周年の2000年にはハワイ、2001年・新世紀になって初めての公演の地であるロンドン、日本国内においては、北は北海道から南は沖縄に至るまで、何度も全国縦断公演を行い、そして、1995年には映画化など……。

本当にこの作品からいろいろなことを学びました。

今回、この作品が文庫本になると聞いて、本当に嬉《うれ》しい限りです。

実はこの作品は、1995年にハードカバーで出版されました。

その時は、正直言って出版までの準備期間があまりなく、決定してから1ヶ月で出版という異例な作品でした。

そのような事から、雑なところや、文章的にもおかしなところがあったのは否《いな》めません。

今回の文庫化にあたり、ドラマの仕事で本当のところ、またまた今回も時間がなかったのですが、自分が出来る限りの時間を見つけ、納得《なっとく》するところまで書き直したつもりです。

役者の自分が小説に挑むということ自体がタブーなのかも知れませんが、僕の魂が入ったこの作品『ザ・ウィンズ・オブ・ゴッド』は永遠に僕の心にも、そして、読者の皆様の心にも残るであろうと確信しています。

最後に、この作品の改訂版を文庫化するにあたって親身にご指導をして下さった飯田譲治監督、そして角川書店の皆様に心から感謝の意を表したいと思います。

2001年4月25日

今井雅之

本書は、'95年6月に単行本として小社より刊行しました。

THE《ザ》 WINDS《ウインズ》 OF《オブ》 GOD《ゴッド》

——零《ゼロ》のかなたへ——

今《いま》井《い》雅《まさ》之《ゆき》

平成13年 4月25日 初版発行
平成27年 2月15日 7版発行

発行者●堀内大示

発行所●株式会社KADOKAWA
〒102-8177 東京都千代田区富士見2-13-3
電話 03-3238-8521（営業）
http://www.kadokawa.co.jp/

編集●角川書店
〒102-8078 東京都千代田区富士見1-8-19
電話 03-3238-8555（編集部）

角川文庫 11936

印刷所●株式会社暁印刷 製本所●株式会社ビルディング・ブックセンター

表紙画●和田三造

ISBN978-4-04-357901-3 C0193